苔の下道《したみち》

松井浩一
MATSUI KOICHI

幻冬舎MC

苔の下道

目次

苔の下道　序

苔の下道　序

【本文】

源氏の物語、世に出でて千歳ばかり、古今和歌集、万葉集は世に出でて千歳を越えたり。かかるをはじめとするいにしへの大和言の葉の多《おほ》くの言の葉の園《その》、言の葉の花々は、さらにも言はず、日本の国の文化のもとゐをなしたるものなり。かかるものなかりせば、今のこの国の文化はいとどともしく、さうざうしきものになりぬべからまし。

文化なるものは、国のやむごとなくかくありぬべき心たるものの形《かたち》をつくりなす重き節《ふし》なり。かかればこれらの言の葉の園《その》、言の葉の花々はこの国のやむごとなくかくありぬべき心つくりなす大《おほ》きなる務めぞ果たしたる。

さて、かかる言の葉の園《その》、言の葉の花々を績《う》み、編み、結びたりしは、大和言葉と漢《から》の言葉のまじらふより前《さき》のいにしへの大和言の葉なり。

この言の葉と園《その》、花々は、国の政《まつりごと》、人の心の乱れし時、国の中、軍《いくさ》のうちに落ち入りし時もそこにありき。昭和の御代《みよ》の大《おほ》き軍《いくさ》にえも言はれぬほど、全《また》く破れし時もそこにありき。国破れて焼け野になり、国の人みな家《いへ》なく衣《きぬ》なく糧《かて》なく、いとどともしくなり果てたりし時

苔の下道　序

【現代語訳】

源氏物語が世に出て約千年、古今和歌集、万葉集が世に出て千年以上の時が経ちました。言うまでもなく源氏物語をはじめとする古い大和言葉の文学、古今和歌集、万葉集をはじめとする和歌集は、日本の文化の土台を形作るものです。もしこれらの文学作品がなかったら日本文化の現在はかなり物足りないものになっていたことと思います。

文化というものは国のアイデンティティを構成する重要な要素です。従ってこれらの文学作品はこの国のアイデンティティを形作る大きな役割を担っているのです。

そしてこの文学を紡ぎ、織りなし、形作ったものは和漢混淆文以前の古い大和言葉なのです。

この言葉とこの言葉で編まれた文学は、この国の政治や人心が乱れた時、戦乱の巷に陥った時もそこにありました。先の世界大戦で徹底的な惨敗を喫した時もそこにありました。そして戦いに負けて国中が焼け野原となり、国民は住むに家なく、着るに衣なく、食べるに食もそこにありき。

その上《かみ》、日本の軍《いくさ》の大《おほ》きに強きことの国のやむごとなくかくありぬべき心の重きかたそばなりと驕りし時あり。今は少しおぼつかなきやうなりゆくも国の富の豊かなることのかかるべきと思はれぬ。

されど外《と》つ国と比《くら》ぶることにてまさるものの、かくありぬべき心とすれば、そは、時の移るままに変はりゆくものなり。

はた、国の文化なるものは外《と》つ国と比ぶることにより劣り勝りをあらそふものにはあらず。いづれの方《かた》の国の文化もおのがじし良きものにて尊《たふと》まるべきものなればなり。

さればなほ、この国のやむごとなくかくありぬべき心たるものの形《かたち》をつくりなすものとて、かかるあはれなるいにしへの言の葉の園《その》、言の葉の花々と、おのおのを績《う》みたるこのあはれなる言の葉守りぬべく、忘れざりてむと思ふぞかし。

されど、このあはれなるいにしへの言の葉といにしへの言の葉の園《その》、言の葉の花々をみづからはただ見るのみはあたらしく思へり。

今なほかかるいにしへの言の葉にて文《ふみ》を績《う》み、編み、織りなし、生《お》ほし立てらるること表はさまほしく、この言の葉にて今のことども書き出でまほしく思へればなり。せめては言の葉の園《その》のことどものすぢにては、生ける言の葉なるを明らめまほしく思ひたり。

なく、貧困の極みに陥った時にもそこにありました。

昔、日本の軍隊が強大であることが、日本のアイデンティティの中で重要なところであると誇っていた時代がありました。今は若干疑問符がついてきましたが、日本経済の強さがそうであると思われています。しかし他国との相対的な比較において優れたものがこの国のアイデンティティであるとするならば、それは時代が移れば変わってゆくものです。

しかしながら国の文化というものは、他国との比較において優劣を競うものではありません。どこの国の文化もそれぞれにおのずから価値があり、尊重されるべきものだからです。

だからやはりこの国のアイデンティティを形作るものとして、これらの美しい伝統文学と、それらを紡いだこの美しい言葉は大切にしなくてはならない、けして忘れてはならないものだと思うのです。

しかし僕は、この昔の美しい言葉と文学作品をただ鑑賞するだけでは物足りなく、残念に思いました。今でもなおこの言葉で文章を紡ぎ、編み、織りなし、育めるものであると思ったからです。ですから現代のことをこの言葉で表現したいと思いました。少なくとも文学、文芸の世界ではこの言葉は生かされる言葉であることを示したいと思ったのです。

さて、今なほかかる言の葉の生きたるものとて、はたらかさるるものと知らるるならば、この言の葉に新たなる命の吹き入れられて、かくあればこのかた千歳、この国のやむごとなくかくありぬべき心の重きかたそば負ひぬべく、今よりいとど若だちて存《そん》じ継ぎぬべきと思ひなむ。

さればみづからはこの「苔の下道」なる物語を書き出だしたり。この物語にかかるみづからの思ひのものはじめたるかひあらば、また多《おほ》くの方々のこの物語に触れて、このいにしへの言の葉のあはれなるけはひ、調べにさらに思ひ寄り給はば、かしこみてうれしみものし奉る。

さらにいにしへの言の葉、歌、物語などたどりならひ給ふ博士の方々、世のいにしへの歌、物語など好み給ふ方々、この物語読み給ひて、かかるみづからの思ひにおもむき給はば、この物語の言の葉の用ゐたる方など、良きものとせむとて、いにしへの言の葉の書きあらはすべき道に、御意《ぎょい》賜ふことかしこみて願ひ奉る。

　そして今なおこの言葉が生きたものとして活用出来ることが理解されたならば、この言葉にまた新たな命が吹き込まれて、これからの千年、この国のアイデンティティの重要な一端を担うものとして、今よりもさらに生き生きとしながら存在し続けるだろうと思うのです。

　ですから僕はこの「苔の下道」という作品を書きました。作品にそういう僕の思いのさきがけとなる価値があるならば、そして多くの方々がこの作品に触れて、この古文の美しい語感、調べというものに、新たに気づき感じて下さったならば、この上なく嬉しく思います。

　そしてこの作品をもし日本の古典文学、国語学の学者の方々、そして市井の古文愛好家の方々が読んで下さって、そういう僕の思いに共感していただけたなら、この作品の語法、表記などをより良いものとするべく、古文での表現方法についてご意見をいただきたいと思います。どうかよろしくお願い申し上げます。

苔の下道

付訳注、現代語訳

苔の下道　付訳注、現代語訳

【本文】

絆より絆にめぐるうき世とて露けくも行《ゆ》く苔の下道

平成の帝《みかど》の世をしろしめし給ひし御時《おほんとき》も、なからを幾年《いくとせ》か過ぎにし頃のふりがたきことどもなりき。【注1】

高き台《うてな》のある大《おほ》きなる殿《との》は、このわたりには、昭和の御世《みよ》の大《おほ》き軍《いくさ》の前より事業《ことわざ》始めし宿のひとつにて、このうちの広き曹司《ざうし》のうちには、遥けき西の極むる方、とても西方浄土には

【注1】「平成の天皇陛下が私達の心に寄り添って下さった時代も、半ばを何年か過ぎた頃の忘れられない思い出のことです」と訳せるかとも思います。しろしめす（知ろしめす）～お治めになるという意味の他に、ご存じである、気におかけになる、思い遣って下さる、などの意味があります。

苔の下道

【現代語訳】

絆より絆にめぐるうき世とて露けくも行《ゆ》く苔の下道

平成もその半ばを何年か過ぎた頃の忘れられない思い出のことです。

高いタワーのある大きな建物は、この近隣では戦前から営業しているホテルの一つで、そあらで、かかる国々のうち、仏てふ名の国の饗膳《きやうぜん》を調《てう》じ出だす所ありて、一日《ひとひ》初めて会ひしかの女《をんな》とともに来たり。めぐりを見るに、白き壁と天井《てんじやう》に檜皮色《ひはだいろ》なる太き木の柱と梁の交《か》ふる、白と檜皮《ひはだ》の重ぬるけはひ、静《しづ》やかによしあるさまにて、下ざまに目をやれば、毛織のしとねのあやめもおもしろく、調度《てうど》の数々合はしたる曹司《ざうし》のけはひは、遥けき西の極むる方の国々の古き心あるけはひなるさまにしなしつめるやうおぼゆ。

仕ふる人の勧むるまま座に着けり。女《をんな》は壁をしりへに椅子《いし》に着きて、みづからは向かひに着きたり。饗膳《きやうぜん》は、あらかじめ期せし時に案内《あない》して、心やすきもの、また女《をんな》もおもむけば、厨人《くりやびと》の頭《かみ》に預《あづ》くる饗膳《きやうぜん》にしつ。葡萄《えび》の酒も、饗膳《きやうぜん》と合はするに心やすければ、一日《ひとひ》とは異《こと》に、葡萄《えび》のおのづから泡出づる酒を一本《ひともと》あつらへつ。

今日《けふ》はかかる所にさりぬべきやう、いささか装束《さうぞ》き立てるに、女《をんな》は細き糸で平織りされたるいと薄き白き布なるも、裏の繻子織《しゆすおり》なめる布の、葡萄《えび》のおのづから泡出づる酒の黄金《くがね》色やうの透きたるに、真白《ましろ》にはあらぬを、膝隠るるほどの丈の、上衣《うはぎぬ》と成り合ひたる筒なるかたちの裳《も》をまとへり。上《うへ》には紺地《こんぢ》に襟ある少しきわざとの表衣《おもてぎぬ》着て、鳶色《とびいろ》の長き革《かは》の沓《くつ》はきたり。筒なるかたちの裳《も》には、浅き縹色《はなだいろ》の小《ちひ》さき花に木蘭色《もくらんいろ》の葉の散らしたるあやめあり。かかるところにつきづきしう雅びかなる装束《さうぞく》とおぼえて、その旨告ぐれば、女《をんな》はうれしみものするやうになるに、やがて、のホテル内のフレンチレストランに、先日初めて出会った、例の彼女と訪れた。

レストランに入って周りを見回すと、白い壁と天井に、檜皮色《ひはだいろ》の太い柱と梁が交差して、その白と茶の二つの色が重なった様子が、落ち着いた風情を感じさせる。足元の絨毯の模様の趣と、置いてある家具類とが相まって、この部屋をヨーロピアンクラシックな雰囲気が感じられるようにしているようだ。

ギャルソンに勧められて席に座った。彼女は壁を背に座って、僕は彼女の向かい側に座る。料理については、前もってレストランを予約した時に、いろいろと聞いていて気楽に感じたもの、彼女も同意をしてくれたので、シェフお任せの料理を頼んだ。ワインも料理と合わせやすいので、先日とは違ってシャンパンを一本選んだ。

今日はこういう場所のＴＰＯに合わせて、少しおしゃれをしてきたのだが、彼女の方は、白いシフォン生地だけど、裏地のシャンパンゴールドに見えるサテン素材のような生地が透けて、真っ白には見えない、膝が隠れる程度の丈のワンピースに、紺色のテーラードジャケットを着て、濃い茶色のロングブーツをはいていた。ワンピースにはブルーの小花と薄いブラウンの葉の柄があしらわれており、このフレンチレストランの雰囲気に合う上品な装いに感じられたので、そのことを伝えると、彼女は嬉しそうな感じになったがすぐに、

「まことや、これはかの仏の国の車の輪の星ある饗膳《きやうぜん》出だすいかめしき殿《との》ならぬ、五つの星ある宿りにもあらねば、かかるけはひなりて、高ききびすある長き革《かは》の沓《くつ》も良きにと思ひつる」と言ひつ。

仕ふる人また来て、饗膳《きやうぜん》の品のことども言ひやるは、かかるものどもなり。

一、少しき口取りとして唐雁《たうかり》の肝、粉熟《ふずく》やうになしたるものを、小《ちひ》さやかに切りたるもの。

二、生の海老《えび》と、猪飼《ゐのかひ》の子なるくさびらに、石陰子《かせ》に薄き牛酪《ぎうらく》と、鳥の子の白き身、泡立てまぜて、なだらかに作りなすもの添へて、承和菊《そがぎく》色の柑子《かうじ》の汁あへしらふもの。

三、蕪《かぶら》と葱頭の薄き羹。

四、澄める牛酪《ぎうらく》かけつつ焼き蒸す太刀《たち》のさまなる魚《いを》と、蛤のいと薄き牛酪《ぎうらく》の汁。

五、南なる柑子《かうじ》の汁あへしらふ細かなる割り氷《ひ》。

六、煮潰したる五升芋、濃き薄き牛酪《ぎうらく》にて煮たるものと暖めたる菜添ふる焼き蒸したる鴨と、猪飼《ゐのかひ》の見つくる黒きくさびらの濃き汁。

七、砂糖とりうごう焼きて、麦にて焼き作る木地《きぢ》やうのもの重ね焼くもの。

八、眠り覚ますかひある豆煎《い》りて煮出だしたる茶。

「そうそう、ここってミシュランの星付きのグランメゾンでも五つ星ホテルでもないので、こんな感じの、ヒールの高いロングブーツも大丈夫と思ったの」

と、言った。

ギャルソンがまた来て、今日の料理の説明を始める。

①フォアグラのパテのアミューズメント
②海老とポルチーニ茸のカルパッチョ、レモンソース、雲丹のムースを添えて
③蕪と玉葱のポタージュ
④澄ましバターでポワレした太刀魚、蛤のクリームソース
⑤オレンジのソルベ
⑥鴨のポワレ、ソースペリグー、ジャガイモのピュレと温野菜を添えて
⑦タルトタタン
⑧コーヒー

かかるものどもなむ。

仕ふる人の言ふことどもに、女《をんな》のうべなへる気色、かかる品良き所にてものなどものするに、いとよくならひたるやうなめり。

初めは饗膳《きやうぜん》の品のことどもや、おほかたの世のすずろなる物語などすさびゆくに、饗膳《きやうぜん》すすみて口の中の幸《さきは》へば、心もとけ、物語ることどもも進むやうなりゆきて、蕪《かぶら》と葱頭の薄き羹たうべ【注2】終《を》はる頃には、商ひなどの事業《ことわざ》する寄合《よりあひ》などの疵など勘《かんが》へて改むる術《すべ》もの申《まう》す事業《ことわざ》する寄合《よりあひ》【注3】に、女《をんな》の仕へし時のことになりぬ。女《をんな》の物語ることに耳傾《かたぶ》くるうちに、一日《ひとひ》はつぶさに聞かざりし、かの勤め辞せしあるやうをあきらめまほしくなれば、聞き見む

【注2】たうべ～たうぶは食ふ、飲むの謙譲語、丁寧語であり、本文では、「薄き羹食ひ終《を》はる頃」と記すべきではあるのですが、「食ふ」という語は、これは古文だと了解してはいても、現代語の感覚からは、野卑に過ぎる語感になるので、この物語の本文では「食べる」という言葉は、「たうぶ」、または「ものす」という語をもっぱら多用することにしました。

【注3】商ひなどの事業《ことわざ》する寄合《よりあひ》などの疵など勘《かんが》へて改むる術《すべ》もの申《まう》す事業《ことわざ》する寄合《よりあひ》～コンサルタント会社のことを指しています。寄合《よりあひ》とは「人が集まること、ある目的をもって集まること、またその集まり、会合」などを意味しますが、英語のカンパニーに「仲間、人の集まり」という意味もあることから、ここでは寄合《よりあひ》とは会社の意味として使っています。

疵など勘《かんが》へて改むる術《すべ》もの申《まう》す～問題点を調査して改善策を提案する。

このようなメニューだった。

ギャルソンの説明に、彼女が頷きながら聞いている様子は、このような上質なフランス料理店で食事をすることに、かなり馴れているように見受けられた。

始めのうちは、メニューのことや、世間話などをとりとめもなく、話をしていたのだが、コースが進んで、口福感が広がってくると、お互いにリラックスしてきて、話が盛り上がってきた。蕪と玉葱のポタージュを飲み終える頃には、話は、彼女がコンサルタント会社に勤めていた時のことになった。彼女の話を聞くうちに、先日は詳しくは聞かなかった、彼女がコンサルタント会社を辞めた訳が知りたくなって聞いてみると、彼女はいやがる素振りもなに、女《をんな》は厭ふけしきもなく語《かた》り初《そ》めぬ。次第はかかることなりけり。

あるとみに事業《ことわざ》のほど、広ごりたる寄合《よりあひ》ありて、にはかに徳得ざるやうなりにけり。されば、そのひがひがしくなりたる本《もと》を勘《かんが》へて、改むる術《すべ》もの申《まう》すこと、その寄合《よりあひ》の頭《かみ》よりあつらへられてけり。

女《をんな》、行事《ぎやうじ》となりて勘《かんが》ふること行ふに、この寄合《よりあひ》の、今の人の司定《つかさ》むる式によりては、寄合《よりあひ》のことども、はかばかしう働かぬやうなりて、徳得ることも、難くなるやうなりぬべきと、あきらむるやうなりゆきぬ。事業《ことわざ》広ごりたるに式古きままなれば、とても、無きやうなれば、新しき事業《ことわざ》のかたちに、古きはかなふまじくなればなり。

女《をんな》の言ふには、寄合《よりあひ》のまたかりて、働きぬべきもとゐは、司定《つかさ》むる式にこそあらめ。かかる式によりて、寄合《よりあひ》働かするには、おもむくべきこと、あるかぎりの仕ふる人ならで、寄合《よりあひ》の事業《ことわざ》の、方々《かたがた》なるところの行事《ぎやうじ》なる者に伝へ、心を得るが大事なればなりと言ふ。されば、あるかぎりの人ならぬも、おほかたの人の心を得ることは、難からじてふ思ひなり。

寄合《よりあひ》のほど、小《ちひ》さくて仕ふる人少なければ、そのしる人の心にかからむことどもぞ、仕ふる人どもに、ただいくかへり、語らむこともやすかる。されど寄合《よりあひ》のほどの広ごりたれば、寄合《よりあひ》の頭《かみ》、かたみに心の隔てなく言ひ合はせ、かたくおもむけしたると思ひなしても、仕ふく、会社を辞めた事情を話し始めた。

クライアントに、急成長をした会社があったのだが、その会社が急に利益が出なくなってしまった。それで事業がうまくいかなくなった原因をよく調査して、改善する方法を提案してほしいと、その会社の社長から依頼を受けたのだった。彼女が責任者となって調査を進めると、その会社の今の人事制度では、会社がうまく機能しなくなって、このままでは利益を出すことも難しくなっていく可能性が高いということが明らかになっていった。事業規模が大きくなったのに、人事制度は古いままなので、と言ってもなきに等しいので、新しい事業の枠組みには、このままでは適合しなくなっていたからである。

彼女が言うには、会社が完全にしっかりと機能するようになる基本は人事制度にあって、この人事制度によって会社を機能させるには、指示、伝達することを、従業員全員ではなくて、会社の各部門の責任者に伝えて、理解を得ることが大切であると言うのである。であれば、従業員全員でなくても、大多数の従業員に指示事項の理解をしてもらうことは難しくはないだろうとの考えなのである。

会社の規模が小さくて従業員が少なければ、社長が課題としていること、気になっていることを、従業員達に直接に、何度でも伝えることは簡単である。しかし会社の規模が大きくなると、社長は、従業員とお互いに率直に意見を交換して、しっかりと指示を出したものとる人に何ごとにもまだ浅く、たどり少なく、行ふに乏《とも》しきものあらば、そのふるまひ、寄合《よりあひ》の頭《かみ》の本意《ほい》遂げ果て、徳を得るには至らじ。寄合《よりあひ》のほどの広ごり、人の多《おほ》くなれば、頭《かみ》は、仕ふる人とうちかへし、言ひ合はすることも難ければなり。かかるあやまちは、ただちに表には出で来たらず。仕ふる人皆《みな》、見めは、また心根より、いとど気を詰むるさまにて、寄合《よりあひ》の頭《かみ》の心に従はむとすればなり。

すでに、澄める牛酪《ぎうらく》かけつつ焼き蒸す太刀のさまなる魚《いを》と、蛤のいと薄き牛酪《ぎうらく》の汁は運ばれたるに、女《をんな》はうち置きて、語り続けぬ。

されば、そのほども広ごれば人も増し、おのづから仕ふる人々とも遠々《とほどほ》しくなりゆきて、皆人《みなびと》と言ひ合はすることは、有り難きものと心得て、思ふことども皆に、とく言ひめぐらして、よそながらかまふるたづきをなすことすべし。みづから、皆人《みなびと》に言ひかけ、言ひ定むることなくて、心づきならぬやうなれど、かく、よそながら寄合《よりあひ》の事業《ことわざ》にすきまなく、ことどもあきらめてむことこそやむごとなけれ。なほ、かかる式によれば、寄合《よりあひ》の事業《ことわざ》の本意《ほい》遂ぐるまでに、仕ふる人のおのづとなほるべきことも多《おほ》かるべし。すなはち寄合《よりあひ》の事業《ことわざ》の方々《かたがた》の行事《ぎやうじ》なる者が、おもむけたること、かたそばのみ行はるることおさへ、ことなすに障《さは》るこ思い込んでいても、その従業員が、まだ経験が浅く、事業遂行にあたっての判断力、実行力が欠けていたならば、その仕事は、社長の目的に達せずに、利益を出すことまでには至らないことになるだろう。会社の規模が大きくなり従業員も多くなれば、仕事について、社長は、部下と繰り返して打ち合わせをすることは、難しいからである。このような失敗は、すぐには表面化はしないものである。従業員は皆、見た目は、また心から、一生懸命に仕事をして、社長に忠実だからである。

すでに、澄ましバターでポワレした太刀魚、蛤のクリームソースは運ばれてきているのだが、それには手をつけずに、彼女は話し続ける。

従って、会社の規模が大きくなれば人も増え、自然と従業員とも疎遠になって、従業員全員と言葉を交わすことも出来なくなるものであると理解して、社長の考えていることを、従業員すべてに素早く伝達して、間接的に関与する仕組みを作らなければならない。社長が直接に従業員に話しかけて、指示をすることが出来なくて、不本意に感じたとしても、このように、間接的に会社の事業のすべてをはっきりと、掌握できるようにすることが大切なのである。さらにこの制度によれば、会社の事業目的が達成されるまで、社員の行動が是正されていくようになることも、自然と多くなるのである。すなわち、各部門の責任者が、指示事項が一部のみしか実行されないことを防ぎ、業務遂行上の障害となることを修正する効果がとども改むるかひあればなり。

女《をんな》の言ひはかかることどもなり。司定《つかさ》むる式とは、なほなほしきやうにおぼへて、ほかざまに、しるくも改むる術《すべ》やあらむやうおぼゆるに、かく言へば、女《をんな》はいと心づきなきやうにて、

「いで、まことや、国のかためならむ、世に知らぬ人なき名にし負ふ、ものなど作るいかめしき寄合《よりあひ》に勤むれば、おのづからくさぐさの式など調ひたれば、かかる式など、ただありぬべきやうや思ひなし給へる。されど、おほかたはさにあらねば、かかる寄合《よりあひ》のほど、広ごりゆくなからに、この式を用ゐて、身の力となすこそやむごとなけれ。かかるは言ふはやすけれど、その式入れて保つは難し」

みづからは、いかなることとせる者なるかは、女《をんな》に初めて会ひし時に、今仕へたる寄合《よりあひ》の名など、書かれたる札、渡ししに、かく引き添へられつる。

されば、司定《つかさ》むる式、改むる術《すべ》もの申《まう》して、いかなるにやならむと問へば、「用ゐられず」と言ふことなり。「何かは悪しかるべき」と、ゆかしくて聞くに、

あるからである。

　これが彼女の意見だった。人事制度なんて、何だか平凡なことのように思えて、他にもっと改善すべきことがあったのではないかと思ったのだが、そう言うと彼女はいかにも心外という感じで、

「もうまったく、国をリードするような世界的な大メーカーの社員だと、会社の諸制度は当たり前のように整っているので、人事制度なんてあって当然だと思っているのかな。だけど普通はいろいろな制度が整っている会社なんて多くはないんです。だからこういう成長途上の会社に、この人事制度を導入して、会社の力を高めることが重要なのよ。人事制度というものは、話をするのは簡単なんですけど、それを導入して定着させるのが大変なんだから」

　僕が何をしている者なのかについては、彼女と初めて会った時に、勤務先の名刺を渡していたので、引き合いに出されてしまった。

　ところでその提案はどうなったのかと聞くと、

「採用されなかった」

　ということなのだった。

「何が悪かったんだろう」

　と気になって聞くと、

「頭《かみ》に目《ま》のあたりに会ひて、ものども言ひかはししに、気色《けしき》ばむけはひも、憎からぬ心ばへにぞもてなしつめりし。さればもの申《まう》したることども用ゐらるべきと、思ひなし侍りしかども、返《かへ》り事もなくて時経《ふ》りにき……。おぼつかなう心もとなう侍るに、つひには用ゐられざりしに、うたてきこと限りなし。さるは、まろは、かかる勘《かんが》ふることどもの務めなからにてぞ解けたりし。さるにほかのともがらのものども、まろにうちしのびてもの申《まう》したる、朝夕のいたづらなるものの費《つひ》えを詰むるわざのみ用ゐき」

「うちしのびてとは、あさましうも、なべて御身《おんみ》のもの申《まう》す寄合《よりあひ》のためにも、一つ用ゐらるればよかなるやと思ふに」

「事業《ことわざ》いかに大《おほ》きになるも、かたくもかなふ司《つかさ》定むる式なれば、なべて寄合《よりあひ》統ぶることどもにもつがるものなりき。されどもはかなき徳にかかづらひて、真《まこと》の徳思ひ消ちたりしぞ。げに事業《ことわざ》の事《こと》の心、思ひとどめたるさまにはあらざるにぞかし。さるは長からざるべきこととは、思はまほしけれど、かかるものどもも、思へるよりは、ことなかるやうなれば、口惜《くちを》しうおぼえ侍り」

声《こわ》ざまのやうやうほのかに強りゆく。

「されど、まらうとの寄合《よりあひ》の頭《かみ》どもの、かかるはかなきことにかかづらふ有様《ありやう》は、れいざまのことなれば、そも、もの申《まう》す事業《ことわざ》など、かひなきものとの思ひいとどそひ侍りてき。まろ

「社長と直に会って話した時は、表情の様子からも、好意的に応対してくれている感じだったんです。だから提案したことは、採用してくれるに違いないと思っていたんですが、そのまま返事もないままになってしまって……。結果がどうだったか不安で気になっていたけど、結局社長は採用してくれなくて、本当にがっかりしちゃった。実を言うと、私はこの調査チームから途中で外されてしまったんです。それなのに、他のメンバーが私に黙って提案した経費削減策だけは採用したのよ」

「黙ってだなんてことはとても心外だと思うけど、君がコンサルタントをした会社のためには、一つ提案が採用されて良かったんじゃないかとは思うけど」

「事業がどんなに大きくなってもしっかりと適応出来る人事制度なので、一般的な企業ガバナンスにもつながる提案だったんです。なのに目先の利益にこだわって、本当の利益は無視したのよ。会社の事業の実態を真剣に考える気なんてまったくないんだから。そんな会社はすぐにつぶれるに違いないと思いたいのだけど、そういう会社も、思ったよりは、何事もなくているから、悔しく思ってしまうんです」

少しだけど言葉の調子がだんだん強くなっていく。

「だけど、クライアントの会社の社長達が、目先のことにしかこだわらないのはいつものことなので、そもそもコンサルタント業なんか、やる価値なんてないんじゃないかという思いの勘《かんが》ふることにも、ものの費《つひ》えのことども、あまたわきまふることだにありき。そをさながら用ゐて、うちしのびてもの申《まう》すなど、よこざまにいみじき目を見、心ただよひ侍りてき。さるは、かかることは初めのことならで、まろの仕ふる寄合《よりあひ》の頭《かみ》にも、かくは思ひ消たれしこと折々《をりをり》重なりたるに、つひにはしのびあへず、出仕をやめ侍りにき」

女《をんな》の語るさま、初めはやはらかにたをやぐに、しばしあればすくよかになりゆきて、はつかにおさるるけはひ加ふるを、ほのかにあさましうおぼえぬ。

女《をんな》は語り終《を》はれば、早らかに、出だされたるままのものたうべつつ、

「薄き牛酪《ぎうらく》の汁には、蛤の煮出だしたる汁とろけて味よきに、蛤の身もやはらかなるままにて、魚《いを》の皮はややもかたく焼きたるに、身はやはらかなるがよろし。冷めたるがあたらし。かくも多《おほ》く語らねばよかるに」

など、つぶつぶ言ふ。

たうべ終《を》はれば、仕ふる人、南なる柑子《かうじ》の汁あへしらふ細かなる割り氷《ひ》持て来て、立ち退きて後、女《をんな》、赤き葡萄《えび》の酒求めつ。

「玻璃《はり》の器《うつは》に一杯《つき》、赤き葡萄《えび》の酒たうべまほしきに、求めさせ給へや。次なる鴨のものに合

にとらわれちゃったんです。それに私が調べたことでも、無駄な経費のことで、判明したことがたくさんありました。それをそのまま使って私に黙って提案するなんて、ほんとおかしなひどい目に遭って、心の支えもなくなってしまって……。実はこんなことは初めてのことではなかったんです。コンサルタント会社の社長にも、こんな感じで無視されることが時々重なって、とうとう我慢出来なくなって辞めてしまったんです」

彼女の話しぶりは、最初はもの柔らかな感じだったのだが、話が進むにつれて、しっかりとしてきて、わずかではあるが、気圧されるような感じが加わったのは、少し意外に思えることだった。

彼女は話し終えると、急いで出されたままになっている太刀魚のポワレを食べながら、

「マイルドなクリームソースに、蛤の出汁がよく出ていて美味しい。蛤の身は柔らかいままで、太刀魚の皮目はパリッとして、身はしっとりしているのがいい感じ。冷えちゃったのが残念ね。あんなに話さなければ良かった」

などと、ぶつぶつ言っている。

食べ終えると、ギャルソンがオレンジのソルベを持ってきて、立ち去ると、彼女は赤ワインをお願いしたいと言った。

「グラスで一杯、赤ワインをいただきたくなったので、頼んでいただけませんか。次の鴨料

はせまほしければなり」

「何かは」とて、葡萄《えび》の酒の仕ふる人招く。あるやう告ぐるに、「いみじう勧むるものぞ侍る。めづらかにて、徳あるものに侍り。玻璃《はり》の器《うつは》にて出だし奉らむことさらなり」とて、赤き葡萄《えび》の酒持て来たる。器物《うつはもの》の形より、遥けき西の国々なる東海の玉てふ島より来たる人と、名つけらるる道【注4】なる赤き葡萄《えび》の酒なるは、我も見知るなり。

葡萄《えび》の酒の仕ふる人、

「夜々を重ぬる丘統《す》ぶる名【注5】なれば、値《あたひ》は高くはなくも、いみじうめづらかにて、よき

【注4】遥けき西の国々なる東海の玉てふ島より来たる人と、名つけらるる道〜フランスのブルゴーニュ地方のことです。

遥けき西の国々なる東海〜ヨーロッパの東海、すなわちバルト海のことになります。

東海の玉てふ島より来たる人と名つけらるる道〜ブルゴーニュの地名は中世初期にこの地方を支配したゲルマン人の一派ブルグント人に由来しています。そしてブルグント人は「ブルグント人の島」を意味する名前を持つボーンホルム島から渡って来たと言われており、この島はバルト海の宝石と呼ばれています。

【注5】夜々を重ぬる丘統ぶる名〜コート・ド・ニュイ。ニュイはNuits〜nuitsはフランス語で夜の複数形。なので、コート・ド・ニュイは夜々を重ねる丘という意味にとることもできます。なにか素敵な語感なのでこのように訳しました。

統ぶる名〜統合名称ということです。

理に合わせたいんです」

「ああ、OK。OK」

ソムリエを呼ぶ。鴨に合わせるために、赤ワインをグラスで持ってきてほしい旨を告げると、

「掘り出し物の実に素晴らしいワインがございます。もちろんグラスでお出し出来ますよ」

このように言って赤ワインを持ってきた。ボトルの形からブルゴーニュのワインだとは僕にもわかる。ソムリエが説明を始めた。

「コート・ド・ニュイ地区の地方名表示ワインなので、値段は高くはないのですが、これは

ものとおぼえ侍り。良き葡萄《えび》の年に作りなされしものにて、齢《よはひ》は十五年は過ぎ侍りたりし。先づは」

とて、玻璃《はり》の器《うつは》に葡萄《えび》の酒入る。女《をんな》は一口たうべて、

「さればこそ、夜々を重ぬる丘のいみじけれ。かくは、げにいみじう、かのわたりのめでたき葡萄《えび》の酒こそおぼゆれ。〃村雨の露もまだひぬ苔衣《こけころも》夏の木立に立つ香涼しき〃かくなむや……。なほ……、〃染《そ》め初《そ》むる木立のもとの苔衣《こけころも》村雨過ぎぬ香やはゆかしき〃【補注1】かくやは……」

口のうち、とかう、つぶつぶと念じたるやう聞こゆ。

われもまたたうぶるに、

「いかにあらむや。さりや、いかならむ……、かくなむや……。まことや、かかるに……。ともあれかくもあれ、うましきや」

鴨のもの運ばれ来たる。女《をんな》の言ふやう、赤き葡萄《えび》の酒の奥に、枯れ初《そ》むる葉の香《か》り、ほのかにおぼゆるに、黒きくさびらの香《か》りとよく合ひてよかなり。また、煮潰したる五升芋、濃き薄き牛酪《ぎうらく》にて煮たるものと、黒きくさびらの濃き汁を、あへしらひてたうべつつ、赤き葡《え》

【注5続き】よって、ニュイ地区の地方名表示ワインということになります。

大変な掘り出し物だと思います。良い葡萄の年のヴィンテージで、十五年以上は熟成しているんですよ。まずはどうぞ」

ソムリエはグラスにワインを注いだ。彼女は一口飲んで、

「やっぱり、コート・ド・ニュイってすごい……。これってすごすぎる。ニュイの他の素晴らしいワインが思い出される感じよ。〝にわか雨が過ぎた後で、まだ乾いていない苔に覆われた岩があって、林の木立の中でその香りが涼しく立ちのぼってくる〟こんな感じかなあ……。やっぱり……、〝色づき始めている林の木立のもとは一面に苔むしていて、にわか雨が過ぎた後に立つ香りが慕わしくて〟こんな味と香りかな……」

口の中でなんやかやと、ぶつぶつ呪文を唱えているように聞こえる。

僕も飲んで、

「どんな感じだろう。そう、どんなだろう……、こんなかなあ……。うん、そうそう、うーん……。まあそんなことは置いといて、美味しいなあ」

鴨のポワレの皿が運ばれてきた。彼女が言うには、赤ワインの奥に、枯れ始めた木の葉の香りが、うっすらと潜んでいるという感じなのだが、その香りと、黒トリュフの香りが、ぴったり合うのが良くて、また、ジャガイモのピュレと、黒トリュフのソースを混ぜ合わせ

萄《び》の酒たうぶるも、いみじううましきなり。と言ふ。

かくは、ただ、黒きくさびらと、五升芋と、汁のことどものみしきりに言ふ。鴨のことは無きやうなれば、

「鴨には、ことごとしき用にも、侍らざめるやうになむ見給ふる。ここもとに賜へや」とて、ことさらうやうやしう、猿楽言《さるがうごと》しかくれば、

「あらず。皮《かは》の表、焼きかたむるに、身は汁多《おほ》くてやはらかなるに、いみじき鴨なり。さるは、皆たうぶるは多《おほ》かるに、なかば取り給へ。されど、身のみなむ。かもかは【補注2】とどめ給へ。これなむうましき。なほつひにはやはらかなる麦餅《むぎもちひ》にて汁などのごひて清めむ」と、笑らかに言ふ。

かく若けれど、げに品良きものどもにならひたるやうなんめり。

「鴨の皮《かは》【補注2】ぞ京の都の鴨川《かもがは》なるやう聞こゆる……。さて、盤《ばん》清む。清む……。清むるは禊する【補注2】ことにぞ通ひて見ゆれば、あたかも鴨川《かもがは》にて禊するに似て、身清むるやう覚ゆ。かしこくもいつくしきなるやう覚ゆるかな」

「いたくしひ言しかけ給ふものかな」

て食べながら、赤ワインを飲むと、とても美味しいのだと言う。

　このように、もっぱら黒トリュフとジャガイモとソースのことだけを何度も言って、鴨はなきもののようなので、

「鴨には、たいした御用もございませんように、お見受けいたしましたので、わたくしにいただけませんでしょうか」

　と、わざと丁寧に言ってふざければ、

「違うんですよ。鴨は皮を固めに焼き上げて、中身はしっとり柔らかで、素晴らしい鴨のポワレですよ。だけど、一人で全部食べるのには量が多いので、半分取って下さい。だけど、身のところだけですよ。皮は残して下さいね。皮が美味しいんだから。やっぱり最後はパンでソースを拭いて、お皿をきれいにしなくちゃ」

　彼女は、にこやかに話す。

　若いけれど、実に良いワインや料理に慣れているようである。

「鴨の皮ってなんか京都の鴨川みたいに聞こえて……。で、お皿をきれいにする。きれいにする……。きれいにするって禊をするってことで、まるで鴨川で禊をするように、身を清めるって感じ。なんかすごくおごそかな感じね」

「ずいぶんとこじつけをおっしゃいますねえ」

返《かへ》せば、女《をんな》うららかに笑ふ。

赤き葡萄《えび》の酒は、もろともに二杯目《つき》となれり。二杯目《つき》尽きざるに鴨の皿は尽きれば、御膳《おもの》のつひのものに、乾酪《かんらく》も加へてたうぶ。

とばかりありて、御膳《おもの》もはてはては、つひのものとなりて、りうごうの菓子と、豆煎《い》りて煮出だす茶ものするに、女《をんな》とは、いとけ近きさまにて、ものなど言ひかはせり。女《をんな》問ひぬ。

「こよひはここなる宿に宿りて、この土曜《どえう》、日曜《にちえう》【注6】の休みの日、遊び給ふや。はたまた家《いへ》に帰り給ふや」

「さらず。ここにはいつしか宿らまほし。お茶の水わたりに初めて宿りとりし。はやう宿に入りて、こなたに来ぬ。かの宿には、ゆゑある宿木《やどりき》の酒の肆《いちぐら》【注7】あれば、後の酒は、いか

【注6】土曜《どえう》、日曜《にちえう》～現在のように一週間の曜日を基準として日常生活が営まれるようになったのは、明治時代初頭に、それまでの太陰暦から太陽暦（グレゴリオ暦）が導入されてからのことになります。但し、日本には平安時代の初めに、密教の経典によって、すでに七曜、曜日という言葉は伝わっており、吉凶を判断する手段として、暦にも曜日は記載されていました。従って物語の進捗のためには、現代の時の感覚は無視できませんので、昔の時代の用いられ方とは、違うものではありますが、曜日は本文で用いることにしました。しかしながら、七曜や、曜日自体は古い言葉なので、本文の古い和文としての雰囲気は、損なわれないものと考えました。

【注7】宿木《やどりき》の酒の肆《いちぐら》～仮にとどまる横木のある酒場。すなわちバーのことです。宿木《やどりぎ》は他の植物に

こう返すと、彼女は明るく笑う。

赤ワインは二人とも二杯目になった。飲み干さないうちに鴨の皿を食べ終えたので、食後のデザートに、チーズも追加で頼んだ。

しばらくすると、コースもとうとう、最後のデザートのタルトタタンとコーヒーになった。彼女とはすっかり親密に、言葉を交わし合っている。彼女が聞いてきた。

「今夜はこのホテルに泊まって、この土、日は遊ぶんですか。それとも帰るんですか？」

「いや、このホテルにはいつか泊まりたいとは思うけど、今日はお茶の水にあるホテルに初めて泊まるんだよ。すでにチェックインはしていて、それからこちらに来たんだ。そのホテルにはとても雰囲気の良いバーがあるので、もし食後のお酒をどうしようかと思うんだったならむと思ひ給はば、いざかし、おとなはまほしきに」

「ゆゑある宿木《やどりき》……。よかなり。さつかうまつらむ」

されぱと、仕舞ひのことして出づるに、女《をんな》の手をとるに、女《をんな》もまた我の手とらへ振りて、

「させむかし。なほなほ」とあれば、あさましうもすすむかなとおぼゆ。

饗膳《きやうぜん》を調《てう》じ出だす所は二階なれば、きざはしにて下に行《ゆ》く。車寄せに出で立ちて、もろともに車に乗る。車駆る人に、お茶の水の宿りの名告ぐれば、車走り出でぬ。はやう外は暗くなりぬ。大路《おほぢ》に出づれば、大路《おほぢ》を照らす銀《しろかね》の燭《ともしび》は星なるさま、大路《おほぢ》には車、大路《おほぢ》の脇には人、多《おほ》く連なりて摩《す》るやうなり。車の灯火《ともしび》は、掲焉《けちえん》に光れる蛍火のやうに行《ゆ》き交へり。あまたなる楼館《ろうかん》、店だなどもつららきて、その外なる、内なる赤き、青き、銀《しろかね》の灯火《ともしび》は、人のかたち昼のやう映しなせり。

かかる例の外堀大路《おほぢ》を行《ゆ》きて、銀座の外れ、八重洲わたりにかかるに、店だなの少しきになりて、灯火《ともしび》、人も少しきになる所あり。上《うへ》を見るに、いしずゑ高く作りなして、その上《うへ》に

【注7続き】寄生する植物のことなのですが、ここでは客が一時的に身を寄せて安らう宿木《やどりぎ》ということで、宿木《やどりぎ》が宿りを受ける側になっています。以降、この物語では宿木《やどりぎ》が宿りを受けるものとして用いられていることが多いです。なお、宿木がバーを指す場合は、「やどりぎ」ではなく「やどりき」とルビを振っています。

ら、そのバーに行こうよ」

「雰囲気の良いバー……。良いですねえ。行きましょうよ」

それならばと、店の会計をした。店を出て彼女の手を取ると、彼女も僕の手を握り返して手を振って、

「さあ。行こう。行こう」

彼女はこんな感じで、意外にも積極的だなあと思う。

レストランはホテルの二階にあるので、階段で一階に下りる。車寄せに出て、彼女とタクシーに乗った。運転手にお茶の水のそのホテルを行先として伝え、タクシーが走り出した。外はもう暗くなっていた。大通りに出ると、道路は自動車が連なっていて、脇の歩道も人でいっぱいである。その通りを街灯の光は明るく照らしていて、自動車のヘッドライト、テールライトもあざやかに行き交っている。ビルや店舗が連なり、そのネオンなどの広告灯や、店の室内灯などが、行き交う人の姿を明るく映し出している。そんないつもの外堀通りを走って行って、銀座の外れ、八重洲のあたりに来ると、店舗の数も少なくなって、街灯などの灯りや人の流れも少なくなった所がある。上を見ると首都高速である。その高速道路の下

かくる大路《おほぢ》あり。車の疾《と》く早く行《ゆ》き違《ちが》ふを役《やく》とする大路《おほぢ》なり。その下を横ざまに渡りたる時、女《をんな》ささめきぬ。

「あれぞ。上《うへ》にかくる大路《おほぢ》の、八丁堀わたりに伸びかかりゆく道の程のわたりにぞ、まろの家あり。家居《いへゐ》なる高楼《かうろう》の狭き曹司《ざうし》なり」

かへり見れば、この大路《おほぢ》の上《うへ》を横ざまにわたる、車の疾《と》く早く行《ゆ》き違《ちが》ふを役《やく》とする大路《おほぢ》また見えぬ。

さるほどして、車はかの宿に着きぬ。宿の人に迎へらる。宿の口の広き間に入りて、女《をんな》を率《ゐ》て、宿のうちの要《えう》なるかの宿木《やどりき》の酒の肆《いちぐら》に入りぬ。まらうとすでにゐて、座のつまの両《りやう》の方《かた》はふたがりたれば、中ほどの座にゐぬ。

この宿木《やどりき》は英《ひ》いづる国【注8】のさまに造りて、重りかなるけはひのうちに、宿木《やどりき》の後ろにはとりどりの酒の器物《うつはもの》など並びて、その壁は鏡なれば、奥深う、灯火《ともしび》に映えて、はなやかなるやうおぼゆ。宿木《やどりき》の人、

「いかがはし給ふや」

とあるに、女《をんな》はいかにせむ、いかにせましと、ひとりごちたるやうなめれば、まづは我か

【注8】英《ひ》いづる国〜　すなわち英国

を通る時に、彼女が小声で言った。

「あれよ。高速道路が、八丁堀の方に行く途中に、私の家があるの。マンションのワンルームなの」

振り返ると外堀通りを上に交差する首都高速がまた見えた。

しばらくして、タクシーはお茶の水のホテルに着いた。ベルボーイに迎えられて、ホテルのロビーに入り、彼女とこのホテルのメインバーである先ほど話題にしたバーに入った。すでに他のお客達がいて、端の席は二つとも埋まっていたので、中ほどの席に座った。

このバーは英国風に造ってあって、重厚な雰囲気なのだが、その中にも、バックバーはいろいろなお酒のボトルが並んでいて、その壁は鏡になっているので、奥深く見え、バーの照明に映えて、はなやいだ雰囲気が感じられる。バーテンダーが、

「いかがいたしますか」

と、話しかけてくると、彼女はどうしようか、どうしようと、独り言を言っているようなので、先に僕から注文しようと思ったのだが、だいぶ酔ったので、軽いものを頼もうと思い、

らと思ふに、酔《ゑ》ひもすすみたれば、軽きものと思ひて、「正しきさまに蘇《よみがへ》る国【注9】の、何くれの大麦《おほ》の命の水に、泡出づる水入れてたうべむ」

「されば、つかまつるに、大麦《おほ》の命の水に好むものあり給ふや」

「……、勧むるをものし侍らむ」

「さりなむ。つかうまつる」

かくは、宿木《やどりき》の人と言ひ交わしつるに、女《をんな》うちつけに言ひ入りぬ。

「あらず。あらず。後の酒なれば、かくはあはきなどならじ。濃き酒たうべ給ふべし」

「いでや、あさましう……。おもとはいかにし給はむずるぞ」

他のまらうと達、こち方見おこしたるやうなり。

「さるべし。さるべし。まろは、英《ひ》いづる国の女王《ぢよわう》てふ混ずる酒なむ【注10】ものせむ」

「されば、つかまつる」

とて、宿木《やどりき》の人は、宿木《やどりき》の上《うへ》に、葡萄《えび》の命の水、薬草《やくさう》の香味《かうみ》とろくる甘き葡萄《えび》の酒、南な

【注9】正しきさまに蘇《よみがへ》る国～蘇格蘭すなわちスコットランドのことです。（格～ただす　正しくなる　正しくする）
【注10】英《ひ》いづる国の女王てふ混ずる酒～カクテルのクイーンエリザベスを言っています。（英《ひ》いづる国～英国、混ずる酒～カクテルのことを指します）

「何かスコッチウイスキーでハイボールを作って下さい」

注文すると、バーテンダーは、

「かしこまりました。お好みのウイスキーはあるでしょうか」

「……。お薦めのものにします」

「わかりました。お作りします」

このように話をしているのに、彼女がいきなり話に割り込んできた。

「ダメよ。だめ。ディジェスティフなんだから、そんな軽い飲み物なんてだめよ。もっと強いお酒を飲まなければ」

「まじかよ。ちょっと待って下さいよー。じゃあ、君は何を頼むんだよ？」

他のお客達が、僕達のことを見ているようだ。

「当然よ。私、カクテルにする。クイーンエリザベスお願いします」

「では、お作りいたします」

バーテンダーは、カウンターの上に、ブランデーとスイートベルモット、そして、オレンる柑子《かうじ》の皮の香なる酒と、酒混ずる玻璃《はり》の器物《うつはもの》を置き、女《をんな》の前に冷《ひ》ゆるやうにしたる玻璃《はり》の器《うつは》を置きて、玻璃《はり》の器物《うつはもの》に割り氷入れ、矛《ほこ》のやうなる宿木《やどりき》の長き匙《かひ》【注11】回し入れ、ややも回して、器物《うつはもの》を冷《ひ》ゆるやうにし、とろけ出づる中の水を捨てたる後に、式によりてならむ、ありつる三種《みくさ》の酒入れ、また長き匙《かひ》入れて、ややも静やかに回し混ぜ、したむ蓋【注12】す。やがて、それより女《をんな》の玻璃《はり》の器《うつは》に成り合ひたるものぞ注ぎつる。女《をんな》一口ものして、「いみじう……」と言ひつ。

「英《ひ》いづる国の王家のこと、尊ぶべかめるや。されば、まろもかの国の春の宮かしこみて、正しきさまに蘇《よみがへ》る国の、西のわたりなる小島の広き江のかたへの、清げなるくぼみたる地てふ酒【注13】に、若草色の強き酒【注14】入れてたうべむ。玻璃《はり》の器物《うつはもの》にて混ぜ給へ」

【注11】矛《ほこ》のやうなる宿木《やどりき》の長きかひ〜バースプーンを指します。

【注12】したむ蓋〜濾す蓋すなわちストレーナーのことです。

【注13】正しきさまに蘇《よみがへ》る国の、西のわたりなる小島〜スコットランドの西にある小島とは、ここではアイラ島のことを言います。(正しきさまに蘇《よみがへ》る国〜注9参照)広き江のかたへのきよげなるくぼみたる地てふ酒〜このゲール語で「広い湾のそばの美しい窪地」を意味するピート香の強いスコッチウイスキーはアイラ島でも有名なウイスキーの一つです。注記は付けているものの、以下お酒の固有名詞は記載しない対応をしております。わかりづらくて申し訳ありませんが、どうかご理解をお願いいたします。

ジキュラソーとミキシンググラスを置いて、彼女の前には冷やしたカクテルグラスを置いた。そして、ミキシンググラスに氷を入れて、バースプーンを回し入れて、しばらくスプーンを回転させて、ミキシンググラスを冷やしてから、氷から溶け出した中の水を捨てた。その後に、さきほどの三種類の酒を決まった分量なのだろう、ミキシンググラスに注いだ。それからまたバースプーンを入れて、しばらく静かに回し混ぜてから、ストレーナーで蓋をした。そして彼女のカクテルグラスに、出来上がった液体を注ぎ入れた。彼女は一口飲んで、美味しいと言った。

「イギリスの王室を敬っているようだけど、じゃあ、僕も同じく敬意を表して……、えっと……、棚のあそこのあのビート香の強い酒にあの緑の薬草リキュールを加えて飲むね。ステアで作って下さい」

求むるに女《をんな》のみならず、宿木《やどりき》の人も、そはなぞ。いかなる酒ぞやと問ふに、今、思ひ得たるものなりと答《いら》ふ。げに今、思ひ得たる混ずる酒なり。さても、成り合ひたるを見るに、海《み》松色《るいろ》なるや、海松茶《みるちゃ》なるや、

「なほ、思はむけしきなり。巌《いはほ》に苔むすさまなり。この混ずる酒をば、苔の衣《ころも》と定めむ」

かかるやう、高あふぎに言ひて、一口すするに、なほ強き酒なり。麦の命の水もただ樽より出でしものなれば、なほいとど強くおぼゆるなり。この酒の後に女《をんな》、おのおのの酒、かたみにものせむと勧むれば、新たに我は、はなぶさの国の女王《ぢょわう》たうべて、また女《をんな》は苔の衣《ころも》ぞたうべつる。

いとど酔《ゑ》ひたれば、思ひしづむべくやうつとむれど、この後のこと、いかにせむと思ひたることども、やうやうことぞともなく、心にもかからぬやうおぼえゆくに、またもかかる時もあるべからむと思ひなして、とく曹司《ざうし》に上がりてやすらはまほしき心いとどつきぬ。

「もの聞こえむ。もの聞こえむ」

女《をんな》の声すなる。ややもねぶりたりつるやうなめり。

【注14】若草色の強き酒～修道院の霊酒ともいわれているリキュールです。英語名では、明るく薄い黄緑色、すなわち若草色との意味もあります。

酒の名前が出てこなくて、バックバーを指さしながら、このようにバーテンダーに頼むと、彼女だけでなく、バーテンダーも、それはどんなカクテルですかと尋ねてくるのだが、これは即興で考えついたものなんだよと答えた。実際に今、思いついたカクテルである。そして出来上がったものを見ると、海松色《みるいろ》なのだろうか、それとも海松茶色《みるちゃいろ》なのだろうか、

「やはり、思ったように、岩が苔むすような感じになった。このカクテルを苔の衣と名付けよう」

こう偉そうに言って、一口すすると、やっぱり強い酒だった。ベースとなるスコッチはカスクストレングスなので、いっそう強く感じるのだった。このカクテルを飲んだ後に、彼女はそれぞれのカクテルを互いに飲もうと提案するので、新たに僕はクイーンエリザベスを飲んで、彼女は苔の衣を飲んだ。

かなり酔っぱらったので、心を落ち着かせようとするのだが、このバーで飲んだ後、どうしようかと考えていたことなども、だんだんどうでもいいような気分になってきて、またこんな機会もあるさという気にもなって、早く部屋に上がって、すぐにでも休みたくなってしまった。

「もし、もおーし」

彼女の声が聞こえる。少し眠ってしまったようである。

「かくならむはさうざうしきなり。さらに、あひものし給へ。はては曹司《ざうし》まで送りつべきに」

かくてまた、女《をんな》は先に我のものせし、混ずる酒のもとゐなる命の水、割り氷《ひ》入れてあつらへ、我もひかれてかの島のほかの命の水、志深く勇《いさ》む泊《とまり》【注15】を割り氷《ひ》入れてあつらへたり。いつしか女《をんな》も酔《ゑ》ひたるにやあらむ、しばらくおしかかるやうに添ひつ、また離れつも、ねぶるにはあらず。

「かの寄合《よりあひ》の頭《かみ》、いかに思ひけむ。はじめはまろのもの言ひしこと、いとにくからずもてなして、『御身《おんみ》このこと預《あづ》かる人となり給ひて、げによかなりぬ。我が疵など勘《かんが》へれば、改むるべき術《すべ》に心付きたること多《おほ》かり給ふべし。これよりも頼むこと多《おほ》かり侍るべし。寄合《よりあひ》のいしずゑよりあらたむることの大事なることに、我も思ひなし侍りぬ。有り様《やう》につきづきしうもあらむかし。されば、いみじうしろ見ることなし給へ』とこそ言ひしか。口に蜜あり腹

【注15】志深く勇む泊～この小説の時代でもすでに希少になっていたアイラ島のウイスキーのことを指しています。このウイスキーの名前には熱情、勇気などの意味に加えて、港という単語も入っています。
この小説の時代では、このウイスキーはまだなんとか頑張れば手の届く範囲の価格だったのですが、今はもう無理だなあ。

「寝ちゃうなんて、つまらないですよ。もっと飲みましょうよ。この後は、お部屋までちゃんと送って行きますから」

ここでさらに彼女は、最初に僕が飲んだカクテルのベースとなったシングルモルトウイスキーをロックで注文して、つられて僕はアイラ島の他の希少なシングルモルトウイスキーをロックで注文した。

いつの間にか彼女も酔ったのだろう、しばらく僕に、もたれかかったり、また離れたりしているが、眠ったりはしていない。

「あの会社の社長、何を考えてたんだろう。初めは私の意見を感じ良く聞いてくれて、『あなたがこのプロジェクトのリーダーになって下さって本当に良かった。当社の経営上の問題点をよく調べれば、改善すべき点について、お気づきになることがきっと多いと思います。これからも頼りにすることがたくさんあるでしょう。会社の土台から改善することが大切であるのは、確かに私もその通りだと思います。当社の実情に合った提案を頼みます。どうか当社のお世話をよろしくお願いいたします』とまで言ったのよ。口に蜜あり腹に剣ありとは、に剣ありとはかかることなり。

「さかし……」

「さこそあらめ。まことに疵、改めまほしければ、さることとするものかは。すゑは、目とまるかぎりの表なる、朝夕のいたづらなるものの費《つひ》えを詰むるわざのみ用ゐき。本《もと》なることには心用ゐず、表なる徳のことのみに心あり。いみじううれたきことかぎりなし」

ほのかにものにぎははしくも、ものさわがしき声《こわ》ざま添へり。

「なほ口をしきことあり。そも、用《よう》なき費《つひ》えのことどもも、まろの勘《かんが》ふることにてあきらむることとなり。さるに、まろは、かかることどもの任なからにて解けたりしに、ほかの残れるともがらの者どもぞ、まろの勘《かんが》へてあきらむる費《つひ》えを詰むることどもに、いささか新たなること加ふるのみにて、もの申《まう》すこととして功《いさを》とせし」

「そは、うたてや」

「かかる者どもは、まろのもとより思ひあつかひたる者なるに、まろにうちしのびてもの申《まう》したるも、いみじうねたうめざまし。かかるは、こなたのもの申《まう》す寄合《よりあひ》の頭《かみ》のおもむけなれば、かれもまたいとどきたなくて、むげなるをこなりとおぼゆ。思ひ出づれば、あなむくつけし……」

女《をんな》は言ふ。寄合《よりあひ》のかためとなる、要《えう》なる仕ふる人をあまた養ひ、かかる人々を心とする党《たう》こういうことなのね」

「ほんとそうだよね……」

「でしょう。本当に問題点を改善したいのなら、あんなことするかなあ。結局は、目に明らかに見える限りの、表面的な経費削減策だけ採用して、根本的な問題は無視したの。表面的な利益のことしか考えてないのよ。まじで、めちゃくちゃむかつく」

少しにぎやかで騒がしい感じの話しぶりになっている。

「まだ悔しいことがあるわ。そもそも無駄な経費のことだって、私が調査した結果わかったことなの。なのに私は、この会社の経営改善プロジェクトを途中で首になってしまったんだけど、残ったプロジェクトのメンバー達は、私が立案した経費削減策について、少しだけ新しい経費削減策を追加しただけで、経営改善策として採用されて手柄としたのよ」

「それはひどいや」

「このメンバー達は、私が以前からいろいろと世話をしてきた人達のくせして、私に黙って改善策を提案したのよ。ほんと頭にくる。こんなことも、私のいたコンサルタント会社の社長の指図なんだから、あいつは最低の馬鹿よ。思い出すだけで、まじで気持ち悪くなる」

彼女は言う。会社のしっかりとした核となる人材を多く育てて、こういう人材をリーダーどもあまた組みて、かかる党《たう》と寄合《よりあひ》の頭《かみ》など、事業《ことわざ》営む上《うへ》つ方の人とを結ばば、寄合《よりあひ》の頭《かみ》などの上《うへ》つ方を要《えう》となす扇《あふぎ》成りぬ。さらば、上《うへ》つ方と党《たう》どもはかたみに心を留め、ことあらば、あきらむやうにし、よくはからふべし。寄合《よりあひ》のなすべきことひとつ方なら、扇《あふぎ》を閉じてひとつ方に進み、くさぐさになりゆかば、扇《あふぎ》もやうやう開きゆきて、とりどりに進む。上《かみ》は下に輔けられ、下も上《かみ》に輔けられて、こと広きに譲ろふらむと思へりと言ふ。

かかるが司《つかさ》定むる式の心なると言ふ。女《をんな》はかかる働きの細かき式も、みなそらんずることをよくす。ほかなる寄合《よりあひ》の行ひ治むる術《すべ》も、あげてさなめり。女《をんな》は我より幾年《いくとせ》ほどのみ若くあらむに、先のものなどものすることどものことに、かかる才《ざえ》、ともしうも、ほのかにねたうおぼゆ。

女《をんな》のけしき、けはひ、先と違《たが》ひてあさましうおぼゆるも、女《をんな》の言ふに、「さり。さりや。うべなり」など、うべなひつつ耳傾《かたぶ》くるも、女《をんな》は本意《ほい》なること定むれば、深う思ひ入りて、とするチームをたくさん社内で組んで、そしてこのチームと、社長などの会社の経営陣を結ぶようにするならば、経営陣を要とする扇の形が出来上がる。この扇の形が出来たならば、経営陣と各チームは互いに配慮し合い、案件が出てきたら、その内容を明らかにしてよく議論をするようにする。会社の事業が一つなら、扇を閉じて一本になって進み、事業の種類が増えてきたら、扇もだんだんと開いていって、それぞれの事業を行うようにする。上の人は下の者に助けられ、下の者は上の人に助けられて、従って、会社経営のことは多岐にわたるものだから、互いに委ね合っていくのだろうと思うのだと言う。

こういうことが人事制度の大切なところなのだと言う。彼女は人事制度の機能の細かいところまで、そらで覚えていて話すことが出来る。他の経営管理の手法についても、すべて自分のものとしているようだ。僕よりたぶん数年だけ若いだけなのに、さっきのワインや料理のことに加えて、この知識、少し引け目も感じつつうらやましくなった。

彼女の雰囲気が、前の時と比べて、ちょっと違った様子に変わってきたと感じるようにはなったのだが、まあ彼女の言うことに、

「うん、うん、そうだね、そうだね」

と頷きながら、僕は耳を傾けている。彼女は自分がいったんこうだと思ったことには、ものすごいこだわりがあって、先日初めて会った時もそのような様子はあったのだけれども、

さるは先にもさこそはあめりしかど、さるのみならず、めぐりのことどももかへりみず、身は世にめぐらひたることも忘れけむぞかし。はた、さるかたに才《ざえ》あれば、論ずることども出で来れば、道々しくもの言ふを、人はもだすやうになりゆきけむ。さなるをうべなふやうなりにしと、ひがざまに思ひなしたりしこともありけむぞかし。されば、なかなか、おし立ちて、かどかどしう思ひなして、うとましく、心から同じ思ひになりて、もろともに働きはすべからじ。されば和乱るるとて、女《をんな》はかの寄合《よりあひ》にもの申《まう》す務め解けたりけむ。さるほど経《ふ》るに、似たることも重なれば、うくもつらくもわかねども【注16】、かかるあぢきなき思ひの、後《のち》のうしろめたきことにもまさりたれば、勤め辞しけむ。されば、少しもの言はむとて、「かかるわざとのかまふることには、かの寄合《よりあひ》の頭《かみ》、初々《うひうひ》しうて、思ひ休らふことも多《おほ》くはなかりけむや。まづはいづれも心得ることやすき、費《つひ》えを詰むる方《かた》にてもの申《まう》し、かかることども用ゐられて、こと定まりてより、かつうは、かの頭《かみ》のさらに頼むる心つきて、あらた

【注16】うくもつらくもわかねども

「つらし」は冷たくされたと感じて恨みに思う意を表しますが、「うし」は自分自身に向かって恨めしく思うことをいう語です。「つらし」が外に向かって責める語感があるのに対しまして、「うし」は内に向かってあきらめる気持ち、晴れない気持ちを表す語感があります。ですのでここでは、「自分のせいであるか、他人のせいであるのかは、明らかではないけれど〜どうにも堪え難くなってしまって〜」という現代語訳としました。

それだけではなくて、周りの人の思惑なども見えなくなって、自分は世の人の中に立ち交じって生きているということも、きっと忘れてしまうのだろう。またそれなりに学識もあるために、議論することが出てきたら、論理立てて議論をするので、周囲の人が黙ってしまうようにもなるのだろう。にもかかわらず、皆は同意したのだと勘違いをしてしまったこともあったのだろうと思う。だから、かえって人は、彼女は我が強くて、性格にとげがあるように見なして、遠ざけるようになり、心からは一緒に行動することがなくなるのだろう。そのために和を乱すものとして、彼女はその会社の改善計画を策定するチームから外されたのだろう。そして、同じようなことが重なって、自分のせいであるか、他人のせいであるのかは、明らかではないけれど、コンサルタント会社で働くことがどうにも堪え難くなってしまって、先々のことも省みずに、会社を辞めてしまったのだろう。こう考えると、少しは彼女に反論すべきだと思って、

「その会社の社長、本格的な経営改善の提案を受けることに慣れていないから、いろいろ迷ったんじゃないの。まずは誰もが理解しやすい経費削減策なんかを提案して、採用されて、定着させることが必要なんだと思う。そして社長がコンサルタントをもっと頼りにする気になって、あらためて意見を求めるようになってから、適切な改善策を提案すればいいんじゃ

めて思はむことども求めたれば、またしかるべきことかまへてもの申《まう》せばよかるや」
「……」
「されば、いつかは心にもしみ、用ゐられなむや。かへり見て、おもとにあながちなること
もやなかりけむ。よき時をおほどきて待つも、論《ろ》なうやむごとなきことなり」
酔《ゑ》ひもすすみにたれば、女《をんな》の心、思ひはかることもたゆみがちになりゆく。
「されど、まろの勘《かんが》へてかまふることは、道理《だうり》に違はぬことなるをなどてか思ひ消たるるや。
しかるべきこと言ふに、つひには占むるところぞ失せ果つる……」
「道々しきことなるも、世事《せじ》にはかなふまじく、人の心も得まじきことこそかたかるまじき
ことなれ。我の寄合《よりあひ》の仕舞ひも、事業《ことわざ》始めしよりの、いみじう大《おほ》きなる費《つひ》えにありて、いと
ど足らぬやうなりにしを、おのづから、くさぐさ作るもの選ぶことも、厳しくなりしかば、
我らもの作るわざ司《つかさど》る者どもも、もの作ることたばかりて指図作りしより、もの作ること輔
くるわざある小《ち》さき寄合《よりあひ》など、かたがた人語らひして、語りわたることのいみじういたつき
ぬ。されば、費《つひ》えあれば事業《ことわざ》は成り難し。かかることこそおもとは、よくならひ知ることな
らめ」
「はた、かくもまたあらむも……」

ないかな」

「……」

「そのうちいつかは社長に認められて、採用ということになるんだと思うよ。少しやりすぎてしまったなんてことはないの？　ゆったり構えて機会が来るのを待つことも、大切だと思うんだけど」

酔いが回っているので、彼女の気持ちに気を回すこともおろそかになっていく。

「だけど、私が調査して計画した改善策は、理屈の上からも正しいことなのに、どうして私は無視されなきゃならないの。当然のことを言っているのに、とうとう居場所もなくなってしまって……」

「論理的に正しくても、世間受けするとは限らないし、人に認められるとも限らないことはよくあることだよ。僕の会社の決算も創業以来の大赤字になって、製品の選別も厳しくなったので、僕達技術者も、製品を計画して設計図を作成する段階から、技術力のある協力業者の中小企業などいろいろな方面とネゴをして、説得して回ることでものすごく大変なんだ。だから無駄な出費があれば事業は成り立たないよ。そういうことを君はよくわかっているんだろう」

「それはそうかも知れないですけど……」

「今の生業《なりはひ》もまた、まらうとあへしらふものなりて、おしなべてのものよりもうたてきこと多《おほ》かりつべくも、うち忍びなむ……。されば改むる術《すべ》もの申《まう》す事業《ことわざ》もさる商ひなれば、さらに忍ぶることぞやすかりつべかりけむ」

「……」

「忍びて勤めつぎて、なほいとどさる術《すべ》の、才学《さいかく》、もの申《まう》す力、党《たう》によりて務め果たす術《すべ》、身に添ふるやうなりゆきたらましかば、勤め改むるも、さらに良き生業《なりはひ》こそ見つけられなまし」

「さらに良き生業《なりはひ》……。さればよ、さもやおぼしなむかし。今の生業《なりはひ》、なべてのものにぞあらざれば」

さても誤りつべし。ややも言ひそしつらし、とぞ思ひぬる。

「あらず。今の生業《なりはひ》のことならで……」

「あへなむ。すでに我が身のつたなくて侍りき」

「すなはち、我の言はまほしきことなるは」

「あらず。さらにものたまはで……」

「……」

かたみに言《こと》ども交はさぬやうなりぬ。女《をんな》と遠々《とほどほ》しくなりゆくやう覚ゆ。しじまのうちに時過ぎぬ。さすがに言ひそしつべきやう思ふ。頭《かしら》さゆるやうにして、心静《しづ》

「今の仕事だってお客さん相手の仕事で、きっと普通よりいやなことがたくさんあっても、それを我慢しているのだろうし……。だからコンサル業だって客商売なんだから、もっと我慢することが簡単に出来たはず」

「……」

「我慢して仕事を続けて、なおいっそうコンサルとしての知識と提案力とチームでの仕事の仕方を身につけたら、転職するにしても、もっといい仕事が見つけられたはずだと思うよ」

「もっといい仕事……。やっぱりそう思うんですよね。今の仕事、普通ではないですから」

しまった。少し言い過ぎたかと思った。

「いや、今の仕事のことを言っている訳ではなくて……」

「いいんです。確かに私が馬鹿だったんです」

「つまり僕が言いたかったことは」

「いや、もうそれ以上言わないで下さい」

「……」

お互いに黙ってしまった。彼女との距離が遠くなっていくように感じる。

沈黙が続く。やはり言い過ぎたのかもと思う。僕は頭を冷やして少し落ち着こうと化粧室めむと化粧《けさう》の曹司《ざうし》に立てり。

宿木《やどりき》に戻れば、女帰《をんなかへ》るべくこしらふること終《を》へて立ち上がりたり。我を待ちつくるやうなめり。玻璃《はり》の器《うつは》見るに、大《おほ》麦の命の水なほなから残れり。

「いでや。まだき帰《かへ》らむや。命の水残れるに」

「さりなむ侍る。帰《かへ》るべき時来たれば。今日《けふ》はうれしみものし奉る。饗膳《きやうぜん》も宿木《やどりき》のものも美《び》美《び》しきなるかな。されば暇《いとま》聞こえむ」

かくあへしらひて、とく立ち出でつ。あわてたるに、後《あと》を追ひて追ひつけど、女《をんな》はものも言はで、車寄せより車に乗りて、走り去りぬ。あやまてりと思ひたるに、ほれぼれしう上《うは》の空になれり。宿木《やどりき》に戻りて、仕舞ひのことせむとするに、すでに女《をんな》が仕舞ふことしつると言ふ。我の化粧《けさう》の曹司《ざうし》に立ちたる時にしつらむ。宿の曹司《ざうし》に戻るに、やらむかたなき思ひ、いとど心にしみかへりぬ。

またの日、思ひなおりて、楽しびたること、またものなどものせむといざなはまほしきこと、宿木《やどりき》の仕舞ひのことうれしかることなど、言の葉の便り、携《たづさ》ふる消息《せうそこ》の物の具にて送れば、【注17】女《をんな》からも喜びものするこまやかなる返《かへ》りあり。またものなどものせむとのいざなひ

【注17】言の葉の便り携《たづさ》ふる消息《せうそこ》の物の具にて送れば、～携帯電話やスマートフォンなどの携帯端末でメールを送ることです。「言の葉の便り」ではなくて「声の便り」なら携帯電話などで電話する

に立った。

バーに戻って来ると、彼女は帰り支度をすでに終えて立ち上がっていた。僕を待ち受けていたようである。グラスを見るとまだ半分は残っている。

「あれ？　もう帰るの？　まだお酒は残っているけど」

「ええ、もういい時間なので。今日はありがとうございました。お料理もバーのお酒もとても美味しかったです。では失礼します」

彼女は挨拶すると、すぐにバーから出て行った。あわてて後を追いかけ、追いついたが、彼女は何も言わずに、ホテルの車寄せからタクシーに乗って、行ってしまった。しまったと思うと、ぼうぜんとして、気持ちが落ち着かなくなってしまった。それからバーに戻って、会計をしようとすると、すでに彼女が済ませたとバーテンダーが言う。さっき僕が化粧室に立った時に、支払いを済ませたのだろう。ホテルの部屋に戻ると、どうにもなだめようもない思いにとらわれてしまった。

翌日、気持ちも新たに、昨日は楽しかったこと、また食事など誘いたいこと、バーの支払いのお礼など、メールを送った。彼女からも丁寧なお礼のメールが返ってきた。食事の誘いについては、そのうちに、とあった。

には、いつかは、とあり。

日数経《ひかずふ》れば、この月の残りと、またの月なからまでの土曜《どえう》、日曜《にちえう》【注6】にてあはひよき日、時をしめさむやう便り送るも、あやにくに折《をり》悪しかるとの返《かへ》りなり。さるほどに十月もつごもりとなりぬれば、またの月にて折《をり》よき日を問はむと便りすれども返《かへ》りなし。

おのづから慕ふ人やならむ【補注3】と心を寄せぬるに、また見むとの便りに返《かへ》りなくて日頃経ぬ。携《たづさ》ふる消息《せうそこ》の物の具の、言の葉の便りのたづきのみならで、声の便りのたづきも交はししかばと、悔ゆるもせむかたなし。やすらふほどに、かへりて隔てゆくことにやならむと、心もとなう、思ひ弱りぬるに、かつ埋み火の消えは消えなで、【補注4】しのびやかにいきぬるやうには忍びもあへず、かく思ひなせば、ただひたみちに、見まほしき心付きわたりぬ。されば、かつがつ十一月の初めの土曜《どえう》に宿取りつ。


さて、その日になりぬ。先づ宿に向かふに、道のほどの、ひねもすよろづのものひさく便《びん》良き店【注18】に寄りて、白き葡萄《えび》の酒の半ばなる形の玻璃《はり》の器物《うつはもの》、大麦《おほ》なる命の水の小《ちひ》さき玻璃《はり》の器物《うつはもの》、泡出づる水、割り氷《ひ》の袋、求めてより、女《をんな》よりの便りなきままに宿に入りぬ。


【注17続き】という意味になります。

【注18】ひねもすよろづのものひさく便《びん》良き店〜コンビニエンスストアのことです。

数日経ってから、十月の残った日と、来月の半ばくらいまでの、土曜日と、日曜日で、都合の良い日と時間を教えてくれるようにメールを送ったが、あいにく都合が悪くてとの返事である。そのうちに十月も末日になってしまったので、十一月で大丈夫な日を教えてもらおうと、メールをしたのだが、返事がない。

ひょっとして、自分のことが好きなのではないかと期待していたのだが、誘いのメールに返事はなくて日にちが過ぎて行く。携帯電話のメールアドレスだけでなく、電話番号も交換しておけばと、今さら後悔しても仕方がない。ぐずぐずしているうちに、かえって心が離れてしまうことになるのではないかと、気がかりになり、弱気にもなってしまって、だからと言って、想いを心の奥にしまってしまうような気持ちには到底なれずに、ひたすら会いたい気持ちが募ってきてしまった。そういう訳で、何はともあれ、十一月最初の土曜日にホテルの予約を取った。

さて土曜日当日になった。まずホテルに向かう。途中でコンビニに寄って、白ワインのハーフボトル、ウイスキーのミニボトル、炭酸水、そして氷の袋を買って、彼女からの連絡曹司《ざうし》に入りて、便《びん》良き店にて求めたるもの、ものなど冷《ひ》ゆる小《ちひ》さき厨子《づし》に入れたり。白き葡《え》萄《び》の酒の半ばなる形の玻璃《はり》の器物《うつはもの》の、かの店にあるはめづらかなりと思ひつつ、この宿には一日《ひとひ》のやう、かかる白き葡萄《えび》の酒は厨子《づし》になければ、求めてよかりつると思ひぬ。浜床《はまゆか》やうの臥《ふ》し所《ど》にのけざまに臥《ふ》して、しばしまどひもの思ひぬ。いかにせましと思ひやすらひ果つるに、なほゆかしく、すずろにこころもとなうものぐるほしうなりゆけば、あいなきも、先に宿取りし時にも思ひ定むるやう、今日《けふ》は女《をんな》と言ひ合はすることのみぞ本意《ほい》なればと、心のうちに言ひふくめながら、女《をんな》の今の生業《なりはひ》の事業《ことわざ》のこと司《つかさど》る所に、声の便り、携《たづさ》ふる消息《せうそこ》の物の具にて送りて、つひには、女《をんな》の来む刻《こく》を定めつる。まだ時もあれば、本読みて心静《こころしづ》むるうちに、いつしか寝入りぬ。

朝のうちなれど、雪降りぬればかき暮れて、橋の上《うへ》にたたずみぬ。木橋《きばし》なり。行《ゆ》き交《か》ふ人のさまふりは、江戸の写し絵、浮世絵などにあるさまなりけり。かくは夢なればと夢のうちにおぼゆ。

高欄《かうらん》より向かひを見やれば、国の守どもの殿《との》ならむ、大廈《たいか》連なりて先には御城見ゆる。右や左に目やり、橋詰の先の道を見やれば、人の多《おほ》く行《ゆ》き交《か》ひて、ものなどひさくもののしるしなど、商家ならむ家の前に、また屋根にしつらひて、所々、造り置きたるが見ゆる。あやはないまま、ホテルにチェックインした。部屋に入り、コンビニで買ったものは、冷蔵庫に入れた。コンビニに白ワインのハーフボトルが置いてあるのは珍しいと思いながら、このホテルの部屋の冷蔵庫には、白ワインは置いてなかったので、買って良かったと思った。ベッドに横たわり、しばらく迷う気持ちのままでいた。どうしようかといろいろと考えてためらった挙句、やっぱり会いたい気持ちでどうにもならなくなった。まずいなあとは思いながらも、ホテルの予約時にも思い定めた通り、今日は彼女と話をすることだけが目的なのだからと心に言い聞かせながら、彼女の今の仕事の事務所に電話して、来てもらう時間を決めてしまった。彼女が来るまでまだ時間もあるので、本を読みながら心を落ち着けているうちに、いつの間にか眠ってしまった。

朝の時間帯ではあるのだが、雪が降っているので薄暗い中、橋の上に佇んでいた。木製の橋である。橋の上を行き交う人々の風俗は江戸時代の古写真や浮世絵などにあるのと同じなのである。これは今、夢を見ているのだと夢の中で思った。

橋の欄干から前を見渡せば、諸侯の江戸屋敷であろう、大きな建物が連なり、その向こうには江戸城が見える。右や左の橋詰の先に延びる道路の向こうを眺めると、人が大勢行き交い、店の売り物などの看板が、商家なのだろう、その家の前の路に、屋根に、あちこちと設《しつら》しう、我は人の目に見えぬやうなめり。
城の方《かた》巡る、御堀の水の川《かは》に出づるもとへにあるこの橋に立ち休らひて、川《かは》の絶えず流るるをながむるままに、やがて川《かは》の行《ゆ》く方《かた》に目をやりつ、また城の方《かた》ながめつ、しばし過ぐす。御堀の右の方《かた》、橋のあるわたりを見わたせば、屋形船の寄り来たる見ゆるに、舟の先には女立てり。流れ漕ぎ寄るままに、つぶさに見れば、かの女《をんな》なりけり。静かに舞ひ歌ひたり。

朝顔《あさがほ》の露の命の消えぬ間に、
枯れぬる花のはかなさも、
その間をあまた、重ね果てたる時ふれば、
こころとくるもあるぞかし。

目のあたりに来ぬると思ふからに、鈴の音《ね》聞こゆ。鈴の音《ね》……、なぞ、いづくよりと思ふ間に、また鳴ればおどろきぬ。
曹司《ざうし》に来たるを告ぐる鈴なり。唐戸《からど》を開くればかの女《をんな》立てり。今日《けふ》も初めて会ひし時のやえてあるのが目に入る。不思議なことに往来の人々には、僕のことが見えないようなのである。お城を巡るお堀の水が、川となって流れ出て行くところにあるこの橋に佇んで、止まることのない流れを眺めながら、そのまま流れの行く方向に目をやったり、また城の方を眺めたりして、しばらく時間を過ごした。

お堀の右の方にある橋のあたりを見渡すと、屋形船がこちらに進んで来るのが見える。舟の舳先近くには、一人女が立っている。屋形船がこちらに流れ漕ぎ寄って来て、よくその女を見てみると、それは彼女なのであった。静かに舞い歌っている。

朝顔《あさがほ》の露の命の消えぬ間に、
枯れぬる花のはかなさも、
その間をあまた、重ね果てたる時ふれば、
こころとくるもあるぞかし。

舟がさらに進んできて、彼女が目の前まで来たと思ったとたんにチャイムの音が響いた。

何？　どこからチャイムの音が？　と思っていると、またチャイムの音が響いて目が覚めた。部屋のチャイムが鳴っている。ドアを開けたら彼女が立っていた。今日も初めて会った時うに、また長き柄《え》の先に取る所つきて、二つの小《ちひ》さき車つきたる、もの入るる荷篋《にばこ》持ちて、さりげなくて中に入りて、勧むるまま倚子《いし》にゐたり。ほのかに練色《ねりいろ》の頭《かしら》よりかづく、編みたる衣《きぬ》に、黒き革の表衣《おもてぎぬ》、木綿《ゆふ》の糸綾織《あやおり》にせし縹色《はなだいろ》の、厚き織布《おりぬの》のいと細き袴やうのものを着たり。

消息《せうそこ》もあやしうかごとばかりにて、一日《ひとひ》の饗膳《きやうぜん》のことどもおもむけするも、ことにあへしらはで、ことなしぶる気色《けしき》なり。あたかも初めてかからむことどもにて、女《をんな》に会ふごときで、飲むものなどすすむれど、すまはるるに、かの饗膳《きやうぜん》のこともあるに、さきのやう、心の近くならぬことに、心もとなうあさましうおぼゆるうちに、やがてとどまる刻を問はる。答《いら》ふるに、消息《せうそこ》せり。かの事業司《ことわざつかさど》る所に消息《せうそこ》すめり。「まろうとに会ひ侍りぬ。一刻給はる」など言ひて消息《せうそこ》果てば、仕舞ひして、さては要《えう》ずることどものみ問ふ。

「いで、湯使ひ給ひつるや。抑へ撫づるの術《すべ》に用ゐる薫《かを》る油はいかにするや」とて、

先とはことにすくすくしく心しらはぬもてなしにて、すさまじうつれなし。

ここにて告《つ》ぐべきこと告《つ》げなむとて、今日《けふ》は抑へ撫づる術《すべ》なくも、かたみに物語のみせばやと思ひて、呼び寄せまゐらせたるに、わきて湯使ふまじき心告ぐれば、女《をんな》はかすかにあさましき気色《けしき》になるも、やがてすくよかなる面《おも》もちになりて、

のように、またキャリーバッグを持って、何気ない感じで部屋の中に入ってきて、僕が勧めるままに椅子に座った。今日の彼女はオフホワイトのセーターの上に、黒のレザージャケットを着て、ブルーのスキニージーンズという恰好である。

挨拶も形ばかりで妙な感じだ。先日の食事のことなどの話をしようとしても、特に反応もなく素知らぬふうな様子である。まるで初めてこういうことで彼女に会う人みたいで、飲み物を勧めても断られて、自分としてはこの前の食事のこともあるので、始めから親密な雰囲気を期待していたのだが、当てが外れてがっかりした気持ちでいると、すぐに時間は何時間にするかを聞いてくる。答えると電話をした。例の事務所に電話をしているようだ。

「今、お客様とお会いしました。時間は二時間いただきました」

連絡が終わると、支払いのことをして、そして必要なことだけを聞いてくる。

「シャワーはもう済ませました？　マッサージに使うアロマオイルは何にします？」

初めての時とは違って、愛想も心遣いもない感じで、心はかみ合わず、張り合いもなくなってしまう。

ここで伝えるべきことは伝えようと思って、今日はマッサージなしでも話だけがしたいから来てもらったので、特にシャワーは浴びなくてもいいつもりだと伝えると、彼女は少し「えっ？」という表情になったが、すぐに真顔になって、

「抑へ撫づる術《すべ》受け給はねばよろしからず。なれば湯使ひ給へ。物語はさることつかまつりがてらにも、ものしなむに」

つきなく言ひおこせつるけはひに押さるるに、ここは女《をんな》の言《こと》に従はむとて、薫《かを》る油にて抑へ撫づる術《すべ》に用ゐる、下に直《ただ》に肌《はだへ》につく紙の衣《きぬ》受けて湯に行《ゆ》く。行《ゆ》きながら、常のつひえ多《おほ》ければ、今日《けふ》はなべての術《すべ》のみ受けて、こと方の術《すべ》は受くるまじき思ひなること告げつ。

女答《をんないら》へず……。女《をんな》にそむきたれば、気色《けしき》見えず。心ながらも心ばむやうにて、かごとがましければかたはらいたし。

あいなく心やましきままに、湯終《を》へて、下に直《ただ》に肌《はだへ》につく紙の衣《きぬ》着け、湯のごふ大《おほ》き木綿《ゆふ》の糸の輪奈布《わなぬの》【注19】、腰にまとひて出でぬ。

女《をんな》も、そは水の遊びに用ゐるものなめるか、上《うへ》と下に直《ただ》に肌《はだへ》につく衣《きぬ》のみにぞなりたりつる。浜床《はまどこ》やうの臥《ふ》し所《ど》に、輪奈布《わなぬの》を幾ひらか敷きて、腰にまとひたる輪奈布《わなぬの》もはづして、のけに臥《ふ》すやう勧む。言ひつくるまま臥《ふ》せば、上《うへ》より輪奈布《わなぬの》かけつ。

重ねて女《をんな》は薫《かを》る油のこと問ふに、しばし案ずれば、さらば、先と同じくかみつれの薫《かを》る油

【注19】湯のごふ大《おほ》き木綿《ゆふ》の輪奈布《わなぬの》～表面にループ状（パイル状）の細かい糸（輪奈《わな》）が飛び出している木綿《ゆふ》の布地でタオルのことです。従って「湯のごふ大《おほ》き木綿《ゆふ》の輪奈布《わなぬの》」はここではバスタオルのことを表します。

「マッサージを受けていただかなければだめですよ。だからシャワーは使って下さい。お話はマッサージしながらでも出来ますから」

取りつくしまもなく言ってきて、気圧されてしまったので、ここは彼女の言葉に従うことにして、アロママッサージを受ける時に身に着ける紙の下着を受け取ってシャワーに向かった。向かいがてら日頃の疲れがたまっているので、今日は普通のアロママッサージだけを受けられたらよくて、別のマッサージは不要だと思っていることを伝えた。

彼女は黙っている……。彼女に背を向けているので彼女の表情はわからない。我ながら恰好をつけているようで、また言い訳がましいので、気恥ずかしくなった。

なんとなく気持ちが収まらないままシャワーを終えて、紙の下着を着け、バスタオルを腰回りにまとって浴室から出た。

彼女もそれは水着なのだろうか、すでにトップとアンダーだけの下着姿になっていた。

彼女はベッドの上にバスタオルを何枚か敷いて、僕にバスタオルを取って仰向けに寝るように勧める。言われるままに仰向けに寝るとバスタオルを上からかけた。

再び彼女は、アロマオイルは何にするのかと聞いてきたので、しばらく考えていると、とせむと、我の答《いら》へも待たざるに女《をんな》定めつ。ものすさまじきけしきなればあいなし。あつかひ種《ぐさ》とならばと思ひて、先に女《をんな》、興《きよう》持ちてみづから求めし、かの朝顔《あさがほ》の薫《かを》る油はいかにと問へば、今日《けふ》は持て来たらず、とて終《を》はりぬ。ひとへにすさまじう気《け》にくし。かのもの入る荷篋《にばこ》開けて、ものなど取り出づる音すなり。かみつれの薫《かを》る油調《てう》ずらし。ややも待つうちに、女《をんな》は薫《かを》る油調《てう》じて、湯にて暖めて来ぬ。ほのかに花の香たゆたひぬ。遥けき西の方極むる方、仏てふ名の国より来たるといふ薫《かを》る油用ゐて、抑へ撫づる按摩【注20】の術《すべ》はじめたり。

うち抑へ撫づる間にも、一日《ひとひ》の饗膳《きやうぜん》や宿木《やどりき》のことども言ひかけつるに、答《いら》へもおぼめかしうものつれなくもあれば、心にもあらず、おのづからつつむやうなりゆきぬ。されどなほ言ひふれまほしければ、先に初めて会ひし時に聞きしことなれど、「また、この油の花の香など説きてむや」と言へば、「かみつれなむ……、なまめかしうもあをくわか立ちて、ほのかにからきやうなる気の忍びて、さるに、若きりうごうのほの甘く、心かすかにかき立つる香《かを》

【注20】按摩～宮内省の被官である典薬寮（医薬及び薬園のことを掌る）には四部官（頭《かみ》、助《すけ》、允《じよう》、属《さかん》）の他に医博士、針博士、按摩博士、呪禁博士、薬園師、侍医等があります。按摩博士は正八位下相当官になります。大宝令、養老令に基づく官であり按摩という言葉は古くからある言葉です。但しこの物語でのアロママッサージは、現代の国家資格である「あん摩マッサージ指圧師」の資格を取得して施術をしている訳ではないので、誤解を避けるために、マッサージのことを「抑へ撫づる術《すべ》」と以降、表記しています。

じゃあ、前回と同じカモミールにしましょうと、彼女は僕の答えを待つこともなく決めた。感情を交えない素っ気ない態度で、どうにも気に食わない。話のきっかけになればと思って、前回初めての時に、彼女が興味を持って個人的に手に入れていた朝顔のアロマオイルはどうしたのかと聞くと、今日は持ってこなかったということで、これで話が終わってしまった。どこまでも愛想のない応対である。キャリーバッグを開けて、何か物を取り出す音がしている。カモミールのアロマオイルを調合するのだろう。少し待つうちに彼女は、アロマオイルを作って、お湯で温めてきた。ふんわりと花の香りが漂ってくる。フランス製だとかいうオイルを塗ってアロママッサージを始めた。

彼女がマッサージをする間に、先日の食事やバーの話題のことなどを振っても、気のないような生返事ばかりなので、いつの間にか自分の気持ちとは裏腹に、話しかけることを遠慮するようになっていった。だが、それでもやはり話しかけたいので、

「このオイルの花の香りのことをまた教えてよ」

前回、すでに聞いていることにもかかわらず尋ねると、

「かみつれの花は……、みずみずしい蒼さを思わせる中に、少しスパイシーな感じが隠れていて、それでいて青リンゴに似たフルーティーな香りも漂ってくるでしょう。だから気弱に

りすらむや。されば心弱くならむも心おこしなむ侍る」と言ふと、やがて「つづきて臥《ふ》しはべり給へ」とおもむけぬ。

のけに臥《ふ》しての術《すべ》の時、短きやうおぼゆ。されど、ややも言多《ことおほ》くなりわたりぬれば、心安くなるべきやとおぼゆるも、薫《かを》る油の薬種《くすりだね》、抑へ撫づる方による道々しき益《やく》やしるしなどはつぶさに語るも、さすがに心やすきさまにはならで、すずろなる物語なくて、うち悩む方聞きあらはして、かき抑へかい撫づるまま、癒し治《をさ》むることにあながちなれば、あいなう、すずろに言ひふりがたくなりぬ。

取り返《かへ》し女《をんな》は、この術《すべ》の先達《せんだち》と言はむに足らひたるとおぼゆ。いと労《らう》ありて、悩み困《こう》ずるところ癒《いや》すべければ、あへなう、こたびはかくながら、女《をんな》のせしままに預《あづ》けぬべしと思ひぬ。常のつひえあれば、げに身たゆきこと多《おほ》ければなり。

されど、こと方の術《すべ》にはうつらざるやうかまへて、かくながらなべての薫《かを》る油にて抑へ撫づる術《すべ》ばかりぞものせらるるやうせむ。さればやうやう物語などものしもてゆきぬべし。かかることなど思ふ間に、いつしか一日《ひとひ》のことなど思ひ出でられぬ。

なっても、そんな気持ちを振り払うことが出来るんです」と言うとすぐに「続いて腹這いになって下さい」と促した。

仰向けでのマッサージの時間が、短いような気がした。だけど、アロマオイルのことでだんだん話をしてくれるようになってきたので、だいぶ打ち解けてきてくれたのだろうかと思ったのだが、アロマオイルの効能や、マッサージで押さえる箇所ごとによる、体への効果などの専門的なことについては、筋道を立てて詳しく話してくれるものの、結局、親しい雰囲気にはならないで、そのまま話が雑談などの方向に進んでいくことにもならず、彼女は僕の体の凝ったり疲れていたりするところを、僕に聞きながら、マッサージをすることばかりに集中しているので、これ以上は気の向くままに話しかけづらくなってしまった。

あらためて、彼女のマッサージはプロ級の腕前だと思う。とても上手に、体の疲れているところを治してくれる。だから仕方がないので、今日はこのまま我慢して、彼女のするままに任せようと思った。実際に日頃の疲れが体中に溜まっていたからである。だけど、別のマッサージには移らないように注意して、このまま普通のアロママッサージだけ施術してもらうことにしよう。そうすればだんだんと会話も出来るようになるだろう……。こんなことを考えているうちに、いつの間にか、彼女と初めて会った時のことが思い出されてきた。

女《をんな》とあひ初《そ》めしは、十月の上《かみ》つ頃、例ならず、まだ暑きけはひ残れるころほひにて、いとまの日に、都のただ中のにぎははしき所に出でし時なりき。心安くすごさむに、またの日に帰らむとて、その日は宿るまうけせし。昼より夕《ゆふ》つ方にかけて遊びて、さては宿にひとたび入らむとて向かふに、ひねもすよろづのものひさく便《びん》良き店あれば、ものなど求めむとて入りぬ。大麦《おほ》なる命の水に、泡出づる水、割り氷《ひ》を求めて出でむとせしに、草紙などある方に目とまりて、ひとつ読みしかば、遥けき西の極むる方の国々の薫《かを》る油用ゐる按摩の術《すべ》を事業《ことわざ》とする店だなをとり集むるすぢあり。役《やく》するものは女《をんな》のみなるはさることにて、事とする術《すべ》はなべての薫《かを》る油にて抑へ撫づる方《かた》に、よく見るに、こと方《かた》なるなかなかなる世のことにけしからず身など参りすさぶ抑へ撫づる術《すべ》、【注21】差し合はするものなりて、かかる事業《ことわざ》の事なす方《かた》どもの名、消息《せうそこ》する術《すべ》知りぬ。その女達《をんなたち》預《あづ》かる所にては、かかる事業《ことわざ》の事つかさどりしたたむるばかりにて、女《をんな》は求むる人の家居《いへゐ》や宿にさしつかはす仕方《しかた》なり。

【注21】なかなかなる世のことにけしからず身など参りすさぶ抑へ撫づる術《すべ》～大人のマッサージのことです。

直訳すると、男女のことといっても、中途半端で本当の愛情はなく、気まぐれなよくない浮気心、遊び心で、心の赴くままに慰み興じて、揉んだり、抑えたり、なでる施術。（笑）

中将の君といふに、御足など参りすさびて、大殿籠もりぬ。　源氏　葵

我が心のあまりけしからぬすさびに　源氏　紅葉賀

彼女と初めて出会ったのは、まだ十月上旬の、例年と違ってまだ暑さが残っていた頃、休日を過ごそうとして都心の街中に出てきた時だった。一泊してゆっくりと過ごすためにその晩はホテルを予約していた。昼から夕方にかけて遊んだので、そこで一度チェックインしようとしてホテルに向かったところ、コンビニがあったので何か買おうかと思って入った。ウイスキーと炭酸水、それに氷を買って店を出ようとしたら、雑誌のコーナーで目にとまったものがあったので、一冊手に取ってみるとアロママッサージの店の特集記事がある。マッサージをするのは女性だけで、普通のアロママッサージに加えて、よく見ると、別の大人向けのマッサージもすることになっている。これらのマッサージ店の名前と連絡先もわかった。女性の待機所が事務所も兼ねているのだが、そこではマッサージは行わずに、客の自宅か宿泊するホテルに出向いてマッサージを行うシステムになっていた。

心に付くるままにその店を出でて宿に着きぬ。曹司《ざうし》に入りて、携《たづさ》ふる消息《せうそこ》の物の具にて、もののこと尋《たづ》ね明らめむ術《すべ》を用ゐて、かの事業《ことわざ》のこと明らめむに、心得む方あれば、そのつかさどる方《かた》に消息《せうそこ》したり。心づくるけしきなどつぶさに言ひやりても、かひなかりけるものと思ひ寄るに、ただ愛敬《あいぎやう》づきてをかしげなるかたちこそよけれと言ひ立つれば、かくなる女《をんな》こそ来《こ》ざれ、こと成らば良きに寄れる来《こ》なむ。なほせめてはよろしきに寄れる来《き》なむと、思ひまはして来《こ》む刻《こく》定めつ。来むまで半刻《はんこく》ばかりなり。

消息《せうそこ》終《を》へて、先の店にて求むるもの、曹司《ざうし》に入りてうち置きしこと思ひ出でぬ。ものなど冷ゆる小《ちひ》さき厨子《づし》に、大《おほ》麦なる命の水に泡出づる水、ややとけぬる割り氷《ひ》の袋入れつ。厨子《づし》のうちに籠めらるるものなどには、半ばなる形《かた》の器物《うつはもの》の白き葡萄《えび》の酒、仏の国の南なる聞こゆる泡出づる水などあるに目とまりぬ。近きほどのほかの調度《てうど》のうち見れば、かたがたの命の水のいと小《ちひ》さき玻璃《はり》の器物《うつはもの》置くところあり。また玻璃《はり》の器《うつは》、白くかたきすゑ物の器《うつは》など収《をさ》むる所もありて、くさぐさの茶の葉など入る小《ちひ》さき袋、甘き白き粉入る小《ちひ》さき袋などもあり。

湯使ふ。この薫《かを》る油の術《すべ》の事業《ことわざ》なす者は、湯使ふに女《をんな》はあひ使はぬべき定めなれば、女来《をんなこ》そのマッサージのことが気になるままに、コンビニを出てホテルにチェックインした。自分の部屋に入って、携帯電話からインターネットで、あのアロママッサージのことを調べてみると、これなら大丈夫ではないかというところがあったので、その事務所に電話をした。

好きな女の子のタイプなど細かく伝えても、その通りになる訳がないと思えるので、ただ愛嬌があってきれいな子が良いということを強調して伝えた。ここまで言っておけば、どうせ美人は期待できないとしても、うまくいけば、まあまあ良い女の子に来てほしいし、やはり少なくとも、何とか悪くはないタイプの女の子は寄こしてくれるだろうなどと、あれこれ考えながら女の子に来てもらう時間を決めた。時間まで、あと一時間もかからないくらいだった。

連絡を終えて、コンビニで買ってきたものを、部屋に入ってから置いたままにしていたことを思い出して、備え付けの冷蔵庫にウイスキーと炭酸水、そして少し溶けてしまった氷の袋を入れた。中に白ワインや南フランスの天然炭酸水などがあるのが目にとまった。冷蔵庫の近くには、ミニバーやコップや茶碗などの収納具があり、ティーバッグやスティックシュガーなども入っている。

それからシャワーを使った。このアロママッサージの店は、シャワーを浴びる時、女の子とは一緒に浴びることは出来ないということになっているので、先にシャワーを済ませておむ時より、あひ過ぐさむ時を長くせむと思へばなり。湯使ひて木綿《ゆふ》の輪奈布《わなぬの》の衣《きぬ》着て、口のうち清まるやうにし、髪調《ととの》へて曹司《ざうし》に返《かへ》りぬ。

倚子《いし》にゐて本など読みて待つうちに、曹司《ざうし》に来たるを告ぐる鈴あり。唐戸《からど》を開くれば女《をんな》立ち居《ゐ》たりて、我が名尋《たづ》ね出でて中に入り名乗る。かの事業《ことわざ》の女《をんな》なり。長き柄《え》の先に取る所つきて、二つの小《ちひ》さき車つきたる、もの入るる荷筺《にばこ》持ちて来たる。宿りに来たるやうなるさまなり。良きに寄れるけしきよりややもまさりて、をかしげに目とどめつべきかたちしたり。

勧むるまま倚子《いし》にゐる。木綿《ゆふ》の糸の綾織《あやおり》なる縹色《はなだいろ》の厚き織布《おりぬの》の丈短き表衣《おもてぎぬ》の下に、つぶふし隠るるほどの丈の上衣《うはぎぬ》と成り合ひたる筒なるかたちの裳《も》をまとひて、腰の上《うへ》に黄金《くがね》色の鎖巻きたり。上衣《うはぎぬ》と成り合ひたる裳は練色《ねりいろ》にて、ところどころあざやぎたる花の形《かた》散りばめたる。女《をんな》の細やかにたをたをとするさま、けざやかにあらはるべき装束《さうぞく》なり。

「まづ刻《こく》などいくほどたまはるや」女《をんな》うちほほ笑《ゑ》みて問ふ。

「一刻《いっこく》なむ」と答《いら》ふるに、

「しばし待ち給へ」とて、女《をんな》は携《たづさ》ふる消息《せうそこ》の物の具取り出でて、かの事業《ことわざ》のことつかさどる方《かた》に、この刻《こく》など声の消息《せうそこ》す。

「かかることはをりをり使ひ給ふや」

いて、女の子と一緒に過ごす時間を長くしたいためである。シャワーの後はバスローブを着て、歯を磨き、髪など整えて部屋に戻った。

椅子に座って、本を読んで待つうちに部屋のチャイムが鳴った。ドアを開けると女の子が立っていて、僕の名前を確かめてから、部屋の中に入ってきて名を告げる。例の予約した女の子だ。キャリーバッグを引いてきていて、ホテルの宿泊客のような感じである。まあまあどころか惹きつけられるところのあるけっこう良い女である。

僕が勧めるままに椅子に座る。身丈の短い青藍色のデニム生地のジャケットの下にマキシ丈のワンピースを着て、腰の上にはゴールドのチェーンベルトを巻いている。ワンピースはごく淡い黄色の入った白い生地で、ところどころに色鮮やかな花模様が散らしてある。この女の子の細身でしなやかな感じがよくわかる装いである。

「ところで今日のご利用時間はどうしますか」

彼女が笑顔で口を開いた。

「二時間でお願いします」

「少し待って下さいね」

彼女は携帯電話を取り出して事務所に電話して、僕との時間などを伝えている。

「ところでこういうマッサージは、時々利用するのですか」

消息《せうそこ》終《を》へて、先に仕舞ひのこととして、また問ふ。

「こはや……、なむ……」

かかるは薫《かを》る油用ゐて抑へ撫づる術《すべ》や、ことごとや、まめやかに答《こた》へむとて言籠《ことこ》め、いかに答《いら》へせむとても言籠《ことこ》む。薫《かを》る油用ゐて抑へ撫づる術《すべ》知るは、初めてのことなるも、こと方になずらふことのみは、外《ほか》にても知りたらむことなり。されどかかること明らむるもむくつけく思へばつつみつ。

思ひやすらふさまに女《をんな》は、「まだかやうなるわざをならひ給はざりたるやうなめるや。少し聞こへ知らせむ」

ならはざめると思ひぬめる。女《をんな》は薫《かを》る油用ゐて抑へ撫づる術《すべ》、述べやりそめぬ。

「このわざは抑へ撫づるわざの験《しるし》に、油、油の薫《かを》り、身に染《し》む験《しるし》そひて、身の筋など張りて堅くなりたるところ、頭《かしら》痛き、腹病む、腰痛きところなど、あらたまるかひあらむといふなり。身のみならで、心なども、張りたる心地、わびしくもの心細き心地などなむ、あらためのどむるかひあらむ」

などけざやかに述べやるに、こは験《しるし》やあんなると、心得《こころう》るやうなりゆけば、事務所との連絡を終えて、支払いのことを済ませてから、また彼女が尋ねた。

「こういうのは……、ええっと……」

こういうこととは、普通のアロママッサージのことか、別のマッサージのことなのか、まじめに答えようとして口ごもり、適当に答えようとしても口ごもる。アロママッサージを経験するのは初めてのことではあるが、別の方に類するものは、他で経験しているようなことである。だけどそういうことをはっきり明かすのも野暮なことと思ったので、言わないようにした。

はっきりしない様子に彼女は、

「まだこういうマッサージは、経験したことがないようですね。簡単に説明しますね」

よく知らないのだろうと思ったようだ。彼女はアロママッサージについて説明を始めた。

「アロママッサージは、マッサージの効果に、アロマオイルの香りとオイルが体に吸収される効果が加わって、筋肉の凝りや、頭痛、お腹の不調、腰痛などを改善する効果があるように言われています。それから体だけでなく、精神面でも、緊張したり、気落ちして不安になる気持ちなども、改善し落ち着かせる効果があるようです」

などと、てきぱきと説明するので、これは効果がありそうだと、だんだん理解するようになったので、

「もとより身のたゆきことあり侍りたるに、日頃すずろにもの憂き心地つきたりし折々《をりをり》に、頭《かしら》痛きこともあれば、をさめあふべき薫《かを》る油もちゐ給ひてむや」と言ひよれば、

「薬師《くすし》のわざならでは、をさむべきと定むるにはありはべらで、験《しるし》あるらむと言ふなりと、言ふべきに侍るにしも、げに験《しるし》あれば、さあるなれかしと言はまほしき心地こそはべれ……。さには……、そそや、かみつれなむよかんめる。かみつれの薫《かを》る油調《てう》じてむ」とすすむるに、

「そはなぞ」と問ふに、

「いたつくことどもに、もの憂く心細き心地つきて、頭《かしら》痛きをのどめ参らするなれば」

とて、水やうの油なめるもの入りたる器物《うつはもの》より、なかのもの、やや小《ちひ》さき玻璃《はり》の器《うつは》に入れて、いと小《ちひ》さき茶色き玻璃《はり》の器物《うつはもの》より、かみつれのもとなる油なめる、はつかに垂《しづ》れ入れて、かみつれの薫《かを》る油調《てう》ず。

「以前から体がだるいことはあったのですけど、最近は何となく何事も億劫で、いやな気分になった時などには、頭痛がすることもあるので、しっかりと治すことが出来るアロマオイルを使ってくれます?」

このように頼むと、

「このマッサージは医療行為ではありませんので、治療出来ると言い切ることは出来ないんです。効能があるように言われています、と言わなければならないのですけど、実際に効果はありますので、治療効果があるんですよ、と言いたいところなのですが……。それでその症状には……、これ、これです。カモミールが良いようですよ。カモミールのアロマオイルを作りますね」

彼女が薦める。

「それはまたどうして?」

「いろいろなことに疲れて、何をするにも億劫で不安な気持ちになったり、頭痛が起きたりした時に、そんないやな気持ちや、頭痛をやわらげる効果がありますので」

こう言って、水のようなオイルと思われるものが入った容器から、中身を小ぶりのガラスの器に入れて、茶色のごく小さな瓶から、カモミールのエッセンシャルオイルとおぼしきものをなん滴か加えて、カモミールのアロマオイルを調合する。

調《てう》じつるに、やをら立ちて、またのややも大《おほ》きなる器物《うつはもの》に湯入れ持て来て、薫《かを》る油の器物《うつはもの》入れて暖むれば、ほのかになつかしうなまめかしううち薫《かを》りて、心しづまるやうおぼえ成りゆくに、やがて、

「湯使ひ給ひつるや」とあれば、

「しかなむ」と答《いら》へれば、かそけくつつましう、

「さらば、今、紐とき給はむや。さありて、下に直《ただ》に肌《はだへ》につく紙の衣《きぬ》のみ着け給へ、抑へ撫で奉らむに……」とて、かの車つきたる荷箧《にばこ》開きて、湯のごふ大《おほ》き木綿《ゆふ》の糸の輪奈布《わなぬの》取り出でて、浜床《はまゆか》やうの臥《ふ》し所《ど》に幾ひらか敷き詰めつ。かくはかの術《すべ》のまうけ終《を》へたるを見るに、さりとも、さらに言ひ交はさまほしき心つきぬれば、

「いささかもの聞こえむ。ものなどものしつつ……、酒などいかがあらむ」と勧めつるに、

「酒なむ……」いささかあさましうおぼゆめるけしきありて、やがて答《いら》へなきままなるをうちおきて、ものなど冷《ひ》ゆる小《ちひ》さき厨子《づし》開けて、白き葡萄《えび》の酒の半ばなる形《かた》の玻璃《はり》の器物《うつはもの》を取り出でて見す。

「いささかなむ……、さしもたうべぬに」とて、すまふもけしきばかりなめるとおぼゆれば、

オイルを調合すると、そっと立って、別の少し大きめの容器にお湯を入れて持ってきて、アロマオイルの入った器を中に入れて、オイルを温めると、ほのかにみずみずしく、心の惹かれる香りが漂ってきて、落ち着くように思えてきた。すると彼女が聞いてきた。

「シャワーは浴びました？」

「うん、浴びた……」

「それなら、もう着ているものを脱いでしまいましょうか。そしてこの紙の下着だけ着けて下さい。マッサージを始めますので……」

彼女は小さな声で、遠慮がちに声をかけてきて、キャリーバッグからバスタオルを何枚か取り出してベッドに敷き詰めた。このようにマッサージの準備が終わったのを見ると、それでも僕は彼女ともっと話がしたい気持ちになっていたので、話を振ってみた。

「もう少しお話をしませんか。飲み物など飲みながらでも……。お酒はどう？」

「えっ、お酒……？」

少しびっくりしたような様子で、黙っている彼女をそのままにして、僕は冷蔵庫を開けて、白ワインのハーフボトルを取り出して彼女に見せる。

「少しだけなら……。それほど飲めないので」

そう言って断るような様子も、形だけのような気がしたので、

「好まぬや。はた、またのまらうとの結びやある」と問ふに、

「さにあらず。日頃好みにてしばしばたうぶる。ことは、かばかりに終《を》へはべりぬべくを」

とあれば、

「よかなり。さすればことなく心安かるらむ」

かく言ひがてら、白き葡萄《えび》の酒、玻璃《はり》の器《うつは》もて来て机に置く。女《をんな》は玻璃《はり》の器物《うつはもの》の形《かた》見て、

「世の人に火もて来給ひけるに、肝、鷹に食はるる罪負ひし神の子に、長き方《はう》なる舟にて大《おほ》水避《みづさ》りける人ありて、その太郎の末なる国人《くにびと》の大神《おほがみ》、白き牝の牛に化《け》し給ひて、かどはし給ひける紫なる国の姫宮、生《お》ほし立てし地てふ遥けき西の国々なる東海の玉てふ島より来たる人と、名つけらるる道なる白き葡萄《えび》の酒なるかな」【注22】

【注22】以下祝詞《のりと》みたいです。(笑)

【世の人に火もて来給ひけるに、肝、鷹に食はるる罪負ひし神の子に、長き方《はう》なる舟にて大水避《おほみづさ》りける人ありて、その太郎の末なる国人《くにびと》の大神《おほがみ》、白き牝の牛に化《け》し給ひて、かどはし給ひける紫なる国の姫宮、生《お》ほし立てし地てふ遥けき西の国々なる東海の玉てふ島より来たる人と、名つけらるる道】

～要するにフランスのブルゴーニュ地方のことですが、以下の説明を参照。

【世の人に火もて来給ひけるに、肝、鷹に食はるる罪負ひし神】

～ギリシャ神話で、人類に火をもたらしたために、肝臓を鷹に食べられる罰を受けた神とは、

「お酒はきらい？　もしかしたら次のお客さんの予約が入っているのかな」

尋ねてみると、

「違います。お酒は好きでよく飲みます。仕事はこれで終えるつもりなんですよ」

と答えるので、

「それは良かった。それならお酒を飲んでも大丈夫でしょう」

言いながら、白ワインとコップを持ってきてテーブルに置く。

彼女はボトルの形などを見て、

「ブルゴーニュね」

【注22続き】プロメテウスのことをいっています。

【長き方《ほう》なる舟にて大水避《おほみづさ》りける人】

～プロメテウスの子で、大洪水を方舟に乗り組んで逃れた人であるデウカリオンのことを指しています。

【その太郎の末なる国人《くにびと》の大神《おほがみ》】

～その太郎の末なる国人《くにびと》とは、デウカリオンの長男であるヘレンの子孫の人々ということで、すなわちヘレネスつまりギリシャ人のことをいっています。そしてギリシャの大神《おほがみ》とはゼウス神のことです。

【大神《おほがみ》、白き牝の牛に化《け》し給ひて、かどはし給ひける紫なる国の姫宮、生《お》ほし立てし地てふ遥けき西の国々】

～ゼウスが白い牝牛に姿を変えて誘拐してきたフェニキアの王女とはエウロペのことです。そしてエウロペはヨーロッパの語源になったといわれています。（【紫なる国】～古代フェニキアは紫の染料の産地だったことから紫の国と呼ばれていました）

ということなので、

【世の人に火もて来給ひけるに、肝、鷹に食はるる罪負ひし神の子に、長き方《ほう》なる舟にて大水避《おほみづさ》りける人ありて、その太郎の末なる国人《くにびと》の大神《おほがみ》、白き牝の牛に化《け》し給ひて、かどはし給ひける紫なる国の姫宮、生《お》ほし立てし地てふ遥けき西の国々】とは、ここでは「ヨーロッパ」のことを指しています。

ヨーロッパ～たった5文字の古文訳が108字。（笑）

器物《うつはもの》手に取りて貼られたるもの見て、

「なほ道の名なるを」とひとりごつやう言ふ。

「道の名にて若々しきに、いとしもなきもやあらむ」と答《いら》へつつ、回る蓋なれば、開くるもやすく注《つ》ぎいれてたうぶるに、女《をんな》は、

「すがすがしきうちに、道の名なるも、かの道の聞こゆる葡萄《えび》の種《くさ》なるべき濃く馴れし味のほのかにもかくれぬるは、いづくか里の名の心地こそすれ」

葡萄《えび》の酒よく知りたるやうなめり。女《をんな》はまたひと口くくみて気味見つつ呑みて、いささかもの思ふやうなると見るに、

「さてもありぬべくは、泡出づる水と割り氷《ひ》あらまほしきに。あらば持て来給へ」


【注22続き】【遥けき西の国々なる東海】

～ヨーロッパの東海すなわちバルト海のことです。

【東海の玉てふ島】

～ブルゴーニュの地名は中世初期にこの地方を支配したゲルマン人の一派ブルグント人に由来します。そしてブルグント人は、「ブルグント人の島」を意味する名前を持つ、ボーンホルム島から渡って来たと言われており、この島はバルト海の宝石と呼ばれています。つまり、【東海の玉てふ島より来たる人と名つけらるる道】とはブルゴーニュ地方のことをいっています。

結局ブルゴーニュの古文訳に１３２字を要しました。読んでいて疲れますよねえ。（笑）

そして、ボトルを手に取ってラベルを見て、

「やはりブルゴーニュ表示ね」

独り言のように言う。

「ブルゴーニュ表示で若いワインだから、たいしたことはないかも知れない」

彼女に応えながら、スクリューキャップなので蓋は簡単に開いて、ワインをグラスに注いで飲むと、彼女は、

「さっぱりしていて、ブルゴーニュ表示だけれど、シャルドネらしい熟成した味がほんのりと隠れていて、どこか村名表示のワインのようですね」

ワインのことはよく知っているようである。彼女はまた一口ワインを口に含んで味を見ながら飲み、何か少し考えているように見えたが、

「出来るならソーダと氷があったらいいのに。あれば持ってきていただけますか？」

かく、つつみつつこふ。

「何かは」とて、ありつるもの持て来むと、もの冷《ひ》ゆる厨子《づし》へ立つに、何思ふらむ。ただ、酒に添ふる水のみ求むらむや。されど今、みづから水持て来てたうべつつ、葡萄《えび》の酒もたうぶるに、常は二種《ふたくさ》の酒に添ふる水用ゐるらむや。いで、はた、さらば、いにしへに大秦ときめきし時、はやき流れの国【注23】と言はれし地の命の水に入れて呑むをこふらむや。さてはこと命の水こふらむや。調度《てうど》のうちに、かたがたの命の水のいと小《ち》ひさき玻璃《はり》の器物《うつはもの》ありて、命の水に泡出づる水入るるは、なべてのことなればと思ふに、

「はやき流れの国と言はれし地の命の水持て来むや。はたこと水や」と、言《こと》かくれば、

「さに侍らず」と言ふ。

「なぞ、命の水にや入るべき。はた酒に添ふべき。されど水はあるに……」

興《きょう》がりて聞けば、

「いで、葡萄《えび》の酒に入れて、たうべまほしく侍ればなり」

「葡萄の酒にや入る……。はた、はぬるやう【注24】なむあらむや」

【注23】はやき流れの国～ゲール語で「速き流れの地」を意味するカレドニアのこと。カレドニアはローマ帝国時代のスコットランドの古名。ここではスコットランドを指します。

【注24】はぬるやう～白ワインに炭酸水を入れて作るカクテルのスプリッツァー（Spritzer）はドイツ語

こう、遠慮しがちに言う。

「了解」

と応えて、先ほどの炭酸水と氷を持ってこようと冷蔵庫へ立つが、彼女は何を考えているのだろう。単純にチェーサーだけが欲しいのだろうか。だけど今、持参の水を飲みながらワインを飲んでいるのに、彼女はいつも水とソーダと二種類のチェーサーで酒を飲むのだろうか。いや、それとも、たぶんスコッチウイスキーをハイボールにして飲みたいのだろうか。それとも他のスピリッツのソーダ割りだろうか。ミニバーにはいろいろなスピリッツのミニボトルがあって、ハイボールにして飲むことはよくあることだと思ったので、

「スコッチを持ってこようか。それとも別のスピリッツが良い？」

こう声をかけると、そうじゃないんです。と彼女は言う。

「何で？　ウイスキーなどをソーダ割りにするんでしょう。それともチェーサーにするの？　でも水はあるのに……」

何でだろうと思って聞くと、

「違うんです。ワインに入れて飲みたいんです」

「ワインに入れる……？　もしかしたらスプリッツァーのこと？」

「さなり。はぬるやうなむ」

されぱとて、厨子《づし》より泡出づる水と割り氷《ひ》、泡出づる水は買ひしものならで、もとより厨子《づし》にありたる仏の国の南の道なる聞こゆる泡出づる水取りて、さらに玻璃《はり》の器《うつは》も持て来つ。女《をんな》うれしげなめり。葡萄《えび》の酒、割り氷《ひ》入れ、泡出づる水注《つ》ぎ入れて勧む。女《をんな》はすこし呑みて、「葡萄《えび》の酒の香、泡と出づるに立ちて、ありつるかみつれの若きりうごうのほの甘き香に、つきづきしうなむ。こはさても、聞こゆる南の仏の国の水なれば、なよびかにぞなりつるかし」と心入りて惚るるやうなめる。

「さりや……。はた、葡萄《えび》の酒なむくわしかるべき」

「さにあらず。なま心なむ」女《をんな》の言《こと》続く。

「さてもはなぶさの国、春の宮の前《さき》の御息所《みやすどころ》は、葡萄《えび》の酒に泡出づる水入れてたうぶること好み給ふと、先に聞こえ侍れば試みしに、さはやかにうましくをかしかりしかば、こなたは折々《をりをり》たうべ侍る」

はなぶさの国の前《さきの》御息所、かくは好みけりと、知らざりしことなれば、

【注24続き】の「はじける」の意味である、「spritzen」を由来としています。

そして、「はじける」＝「はぬ」～これを名詞にして、「はぬるやう」です。

あまりかっこよくはない命名ですね。（笑）

「そうなんです。スプリッツァーなんです」

そういうことならばと、冷蔵庫から炭酸水と氷、炭酸水はコンビニで買ってきたものではなくて、冷蔵庫に置いてあった南フランスの天然炭酸水を取って、それからまたグラスも持ってきた。彼女が嬉しそうにしている。グラスにワイン、氷を入れて炭酸水を注いで勧める。彼女は少し飲んで、

「ワインの香りが炭酸の泡と一緒に立ちのぼって、さっきのカモミールのかすかに香る青リンゴの甘い香りにぴったり合って、やはりこのソーダだと優しく仕上がりますね。このグリーンの丸っこいボトルが可愛い」

うっとりしているようである。

「うんそうだね……。それにしてもワインに詳しいようだね」

「違うんです。聞きかじりで言っているだけなんです」

彼女は語り続ける。

「前のフロレス・カリュケス国皇太子妃のセレーネ妃は、スプリッツァーが好きだったという話を以前に聞いて、私も試してみたら、さっぱりとして美味しくて、いいなあと思ったので、それから時々飲むんです」

セレーネ妃が、スプリッツァーのことを好きだったということを僕は知らなかったので、

「されど、かの国の公卿《くぎゃう》の家に生《お》ひ出で給ひて、はなぶさの国の薔薇《さうび》と言はれ給ひしに、かく染《し》みて聞こゆれば、おのづから泡出づる葡萄《えび》の酒つきづきしからむ、みづからも好み給ひけむとおぼゆるに、しかおはしましけるはあらぬさまなる。さても聖《ひじり》の名、帝《みかど》の名なる泡出づる葡萄《えび》の酒【注25】なむ好み給ふべかなるやう思はるるに、あやしうなむ……」

「泡出づる葡萄《えび》の酒と比ぶるに、はぬるやう好み給ふと、のたまひけむやとはおぼつかなけれど、絆《ほだし》なる姓《かばね》【注26】の仕手つとむる、白き幕に人などの動く姿映す、かたそばならぬ世に経《ふ》る人のありさまを物語る申楽《さるがく》やうのもの【注27】にては、絆《ほだし》なるものはにぎははしきに、もはらに泡出づる葡萄《えび》の酒好めれば、はぬるやうは、ともしき人の絆《ほだし》なると言はるかし。さればはぬるやうは、品低く泡出づる葡萄《えび》の酒の代《しろ》のきはなむ、世に思はるるはしるきこと思はば、さるは前《さき》の御息所《みやすどころ》のけはひはものまめやかに、つづまやかにおはしましぬべかりしと今

【注25】聖《ひじり》の名、帝《みかど》の名なる泡出づる葡萄《えび》の酒〜お坊さんの名前のシャンパンと帝王といわれる高級シャンパンのことです。

【注26】絆《ほだし》なる姓《かばね》〜絆《ほだし》とは縛るもの、束縛のことです。
以下人名等についても具体的には記載しない対応としております。

【注27】白き幕に人などの動く姿映す、かたそばならぬ世に経る人のありさまを物語る申楽《さるがく》やうのもの〜映画を指します。

参照〜日本紀などはただかたそばぞかし　源氏　蛍

「だけど、セレーネ妃は貴族の出で、フロレス・カリュケス国の薔薇とも言われていたから、その印象だとシャンパンの方が似合うだろうし、セレーネ妃自身もその方を好んだような気がするので、スプリッツァーが好きだったとは意外だったなあ。それにしてもまあ、シャンパンの中でも高級なものを気に入っていそうに思えるのに、不思議だよね……」

「セレーネ妃はシャンパンと比べて、スプリッツァーが好きだと言っていらしたかどうかははっきりしないんですけど、有名なスパイ映画の主人公のヤメス・ウィンクルムはお金持ちでシャンパン好きなので、スプリッツァーは貧乏人のヤメス・ウィンクルムと言われているでしょう。だから世間一般では、スプリッツァーはシャンパンより格下で代用品程度のものと、明らかに思われていることを思えば、実はセレーネ妃はきっと誠実で、ひかえめな人柄さら思ひなしぬべし」

「おほかたの世のこととして、浅くも思ひなし聞こゆらむに、かつは言ひ消たれ聞こゆらむことどもぞあるをいかに思ふや」

「世を経《ふ》りし給へりしほどに、あはれなる家のゆかりの睦まじきことのみ、やむごとなくなつかしう、おぼろけならず染《し》めゆき給へりし心から、浅くも思ひなされず」

「さればよかなりや。これかれただ人どもぞ、深く見入り給ひしことどもはいかにや」

「さるは、わりなきことと思ひなむ。添ひ奉り給はば、さこそあらめと思ひ入れ給へど、さあらねば、あはれとの思ひかけられ、うつくしまれまほしき心いとどつき給ひたりしかばなり」

「あなや。かのきらきらしきところあらはしし給ひしも、幸《さきは》ひなかり給ひしや」

「さりなむ。かの国の春の宮は今の御息所《みやすどころ》と、もとよりかたみに思ひ交はし給ひしに、前の御息所《みやすどころ》と逢ひさせ給ひし後も、語らひやめざり給ひしぞかし」

であったに違いないと、今さらながら思えるんです」

「世間からは軽はずみだと思われて、非難を受けることもいろいろあるようだけど、そのことはどう思う?」

「彼女は人生を過ごして行く中で、愛情のある家族のつながりこそが大切で慕わしいものであると、強く思い込むようになっていった訳だから、軽率だったとは、私には思えないんです」

「そういうことならいいのかなあ? いろいろな人と浮名を流したことについてはどう思う?」

「それは仕方のないことだったと思うんです。彼女は結婚すれば愛情のある家庭を持つことが出来ると一途に思っていたのに、そうではなかったので、人から心からの愛情を受けて大切にされたいと思う心が、どんどん大きくなってしまったからなんです」

「えっ? でも彼女はあんなにすごいロイヤルウェディングを挙げて結婚したのに幸せじゃなかったの?」

「そうなんです。ウィンドソル皇太子は、今のレギーナ妃とは元々から想いを交わし合った仲だったんです。そして彼はセレーネ妃と結婚した後もレギーナ妃とは付き合い続けたんです」

「あさましう……。かくありけるとは知らざり奉りけり」

「されば春の宮は、気遠《けどほ》くそばそばしくもてなし給ひしかば、前の御息所《みやすどころ》は、いとつらうわび果て給ひたりしに、いとど悩ませ給ひて心わづらひ給ひてしに、わりなきことと思ふなり」

「うべなり。さなむや」

かかるやうに聞きたれば、先には、さるわざは似げなかり給ふべしとすずろに思ひなし聞こえしを、あさましうもさもあり給ひぬべきやう心得《こころう》やうおぼえゆくに、かやうなること、もとより聞こえたるよりこなたは、いたうつきづきしからぬと思ひなしたりしことども、ただかたそばぞかしと思ひなりつ。

「時過ぎぬるを。かの術《すべ》はじめむ」

とて、女《をんな》は立ちて、かの大《おほ》きなる器物《うつはもの》の湯かへて、また薫《かを》る油暖むるに、臥所《ふしど》のかたはらに立ちて、

「こなたに」と招くを行《ゆ》かむとするに、

「さらで、さらで」と止《と》めらるれば、この術《すべ》受くるは、もとより紐みな解き果てて、下に直《ただ》

「それはびっくりだね。そうとは知らなかったよ」

「それで皇太子はセレーネ妃には親しまないでよそよそしくしたので、セレーネ妃は耐えがたい悲しみと苦しみの日々を過ごした挙句に、とうとう心の病に罹ってしまったんです。だから彼女はあんなことをしたのは仕方のないことだったんです」

「そうか、そういうことか」

このような感じで彼女から話を聞くと、今まではセレーネ妃のふるまいは皇太子妃としてふさわしくないと、何となく思い込んでいたのだが、意外にもセレーネ妃の行動は当然のことだったように思えるようになってきて、以前に決めつけていたセレーネ妃の印象は、彼女のほんの一面しか見ていなかったのだと、思えるようになった。

「時間が過ぎてゆくのでマッサージを始めましょう」

と言って彼女は立って、大きい方の容器の湯を替えて、またアロマオイルを温めると、ベッドのかたわらに立って、

「こちらへ来て下さい」

と招くので、そのままそちらに行こうとすると、

「そうではなくて……」

と止めるので、このマッサージを受けるには、始めから着ているものは全部脱いでしまっ

に肌《はだへ》につく紙の衣《きぬ》のみ着けぬべきことと思ひ出づれば、

「まことにや、紐解きぬべき」とて、紐解き初《そ》むるに、女《をんな》は、「さり、さなり」とて、寄り来たる。紐みな解き終《を》はりて、下に直《ただ》に肌《はだへ》につく紙の衣《きぬ》はきぬ。かたはらいたきけはひしたらむにやあらむ、女《をんな》は木綿《ゆふ》の輪奈布《わなぬの》にて腰巻き、臥《ふ》し所《ど》にいざなふにのけざまに臥せて、腰の輪奈布《わなぬの》解きて身覆《おほ》ひつ。灯火《ともしび》暗くして、女《をんな》も衣《きぬ》の紐解くも、あからひくのみにはならで、【補注5】水の遊びに用ゐるものなめるや、上《うへ》と下に直《ただ》に肌《はだへ》につく衣《きぬ》のみ着て、薫《かを》る油用ゐて抑へ撫づる按摩の術《すべ》はじめつ。

薫《かを》る油用ゐれば抑へつ、滑しつ、おほかたの油なきかの術《すべ》とまた心地ことなり。のけざまなれば手、足、もはらに抑へ撫づるに、女《をんな》はこの術《すべ》に労《らう》あらむとて、あらまほしき所よく抑へ撫づれば、薫《かを》る油のかひも添ひてたゆきも癒えるやうおぼゆ。いとど心に染《し》み入るを褒むれば、女《をんな》はいとうれしむ。間近く見れば近まさりして、清げになまめかしう見ゆ。この薫《かを》る油用ゐて抑へ撫づる術《すべ》は、こと方ならで、なべての方なるは言ふもさらなるも、女《をんな》は営《いとな》むに四年になれりと言ふ。かかる間、よく習ひ馴れて労《らう》あるまでに至れりとて、身のうちの抑へ

て、紙の下着だけを身に着けなければならないことに気がついて、

「あ、そうだ。服脱がなければね」

と服を脱ぎ出すと、彼女は、

「そう、そうよ」

と言いながらそばに来た。僕は着ているものをすべて脱いでしまい、紙の下着を身に着けた。僕が恥ずかしそうな様子でいるからだろうか、彼女は僕の腰をバスタオルで巻いて覆って、ベッドに来るよう促して、僕を仰向きに寝かせると、腰のバスタオルを外して体にかけた。部屋の明かりを暗くして、彼女も服を脱いで、それは水着なのだろうか、トップとアンダーの下着姿になって、アロママッサージを始めた。

アロマオイルを使うために、揉み押さえながら滑らして施術をするので、普通のマッサージとは感じが違う。仰向けなので手と足を主としてマッサージするのだが、彼女はこの仕事に慣れていると見えて、ほぐしてほしいところをよくマッサージしてくれるので、アロマオイルの効能も加わって、身体のだるさも治るように感じられる。本当にこれはいいなと思ったので、そのことを伝えたら彼女はとても喜んだ。近くで見るといっそう見栄えがして、清潔でみずみずしい感じの美人だ。彼女のマッサージ歴は、もちろん別の方ではなくて、今施術を受けている普通のアロママッサージのことであるが、四年になるという。この四年間で

撫づるにかひある所、くさぐさの花草の薬種のもと溶け入りたる油の験《しるし》、みづからの好める、また興《きょう》持ちたる薫《かを》る油のことども語り出でつ。我はなべての抑へ撫づる術《すべ》のこと初めて知れど、さだかにらうらうじく効《かひ》あれば、重ねていみじく思ふこと告ぐるに、女《をんな》はなほいとどうれしむ。

ほどなう女《をんな》は、うつぶし伏すやう言ひ寄りてうつ伏しにせり。うつ伏しなればこたびは肩より背、腰、足に至るまでさる術《すべ》するにさらに身、心癒え果つる心地すれば、

「いささかもの聞こえむ。かくて曹司《ざうし》に呼び取り侍りつるに、かく言ふは、こちなう、はしたなう、をこなると思ふらむも、かくはこのわざにらうらうじければ、こと方なくも、なべての方の術《すべ》のみにて、生業《なりわひ》頼むべかんめるやう思ひなるに、あやしう……、ゆゑなどやあらむ。ゆかしう……」とゆかしがるやうも、つつましうて、ささめくやうに尋《たづ》ぬれば、女《をんな》は

「さるは……」とて答《いら》へなきまま抑へ撫づること続くるに、さらにはえ尋《たづ》ねざりつる。

しばし時過ぎゆくに、かたみに声なくしづまりたるに、女《をんな》、語り出づ。

「ありつる語りごとなれど、前御息所《さきのみやすどころ》は世に人に打ち捨てらるる、隔てある、病《やまひ》重き、戦《いくさ》の

技をしっかり身につけて、ベテランの域にまで達したのだと言って、身体の中のツボとかアロマのエッセンシャルオイルの効果、自分の好きなオイルや今興味を持っているアロマオイルのことなどを語り出した。僕はアロママッサージは初めて経験するけど、確かに上手で癒やされるので、とても素晴らしいと思うことを伝えると、彼女はまたすごく喜んだ。

しばらくすると、彼女はうつ伏せになるように言って、僕をベッドにうつ伏せにした。うつ伏せなので、今度は肩から背中、腰、足に至るまで揉みほぐすので、さらに心身ともに癒える気持ちになれば、

「ちょっといい？　こうやってホテルの部屋に来てもらって、こんなことを言うのも、不躾で、なんか変で馬鹿みたいだとたぶん思うだろうけれど、こんなにマッサージが上手なら、もう一つの別のマッサージがなくても。今の普通のマッサージだけで十分仕事になるように思えるのだけれど、不思議で……、何か訳でもと思って、気になって……」

聞きたがりに思われるのもいやなので、ささやくように尋ねたのだが、彼女は、

「それは……」

と答えないままで、マッサージを続けるので、これ以上聞くことは出来なかった。

時間はそのまま過ぎるが、互いに声もなく静まっていると、彼女が話しかけてきた。

「さっきの話なんですけど、セレーネ妃は、世の中から見捨てられたり、差別されたり、重

内のみならで、後にも地の雷《いかづち》にて重き疵受くる、かかる人々見て、初めはかなしびのみぞ力なう心に染《し》め給ひたるも、しばらくありてはいみじうあはれにも思《おぼ》しめし給ひゆきたりて、ただうじみのなし給ひなむこと、思《おぼ》し行ひて、うつくしみてぞご覧じ給ふなりき」

抑へ撫づる術《すべ》の手ゆるぶ。

「さる御有様《おほんありやう》は本意《ほい》なかりなむと言ひ落とす人々もあるなり。されど、はかなくなり給ひて後の御《おほん》送りには、げにあまたなる人々集《つど》へるも、うちには世の契りつたなく、わびしく、思ひ落とさるるもあまた集《つど》ひにき。有りし世に対面奉り、目のあたりに言の葉交はし奉らむ人々多《おほ》かりしに、御《おほん》けはひにや侍る、染《し》みかへり聞こえたりしかばなりと思ひ聞こゆるなり。まろは、かくは思ひなしならむと、はたや人にも言ひなされむも、かかるは本意《ほい》なりて、心を尽くし給ひしことなりと思ひ定め聞こえ侍り」

女《をんな》の言ふことには、うべなるかなと思はるるふしもありて、その上《かみ》のはなぶさの国のことども思ひ出でられぬ。

「さりなむ。うべならむや。かの国その上《かみ》は、わびしきとにぎはしきと、ひとしからぬこと大《おほ》きにしるくなることありき。真金《まかね》の女《をんな》と言はれし太政大臣《おほきおほいまうちぎみ》【注28】出でて、はなぶさ

【注28】太政大臣《おほきおほいまうちぎみ》
太政官の最高の官。

い病気に苦しんだりする人達や、それから戦争中だけではなくて、戦争の終わった後でも、地雷で重傷を受けたりするような人達を見て、最初はどうしようもない悲しみでいっぱいになってしまうんです。ですけどそのうちに、思いやりの心があふれてきて、自分に出来ることだけ考えて、実行して、人々を温かく見つめられるんです」

マッサージの手が緩む。

「こんなのは本心じゃないと、悪く言う人もいると聞いているけれど……、だけど、セレーネ妃の葬儀には、本当に大勢の人々が集まって、中には不運な人、貧しい人、人から見下されているような人達もたくさん集まったんです。これはセレーネ妃が生きていた時に、直に言葉を交わした人達が多かったので、人柄なのかな、それが人々を感動させたからだと思うんです。こんなふうに私が思うのは、思い込みに過ぎないと、もしかしたら人に言われるかも知れないけれど、セレーネ妃のあの行動は、きっと心からされたことだったんだと思うんです」

彼女の言うことには、なるほどと思われるところもあって、その当時のフロレス・カリュケス国の国内事情のことを思い出した。

「確かに、そうだろうね。フロレス・カリュケス国はあの頃、貧富の差が激しくなった時だった。鉄の女と言われたタトゥケル首相が政権を担っていた時代だったからね。だから世の国の上卿《しやうけい》とて政《まつりごと》預《あづ》かりしなればなり。されば、世に人に打ち捨てらるると思ひし人々は、あぢきなき身空に、大臣《おとど》を思ひくたし、かへりて前《さき》の御息所《みやすどころ》には思ひ入りけむ。さてもまさにかの国の制、大《おほ》きにあらたむる時なりて、国の制どもの絆《ほだし》解くことすすめたりき。さるは国にて司《つかさど》りし水、灯火《ともしび》などのもとゐなる雷《いかづち》の力のやうなるもの、火などのもとゐなる気のやうなるものなど、民の生業《なりはひ》のもとゐとなる事業《ことわざ》を民にて司《つかさど》るやうになし、空の駅伝【注29】のことども、国より民の営む経営《けいめい》に渡せりき。官物徴《くわんもつはた》るに、所得《しようとく》の高より商ひの高を重きとし、金の流るる市【注30】の絆《ほだし》解きて、外《と》つ国の勢《せい》入るるやうにしき。そのほど、日の本の政《まつりごと》もはらに預《あづ》かりし上卿《しやうけい》なる人は、その司《つかさ》はとりどりなる大臣《おとど》、納言《ものまうすのつかさ》【注31】なりしかども、六《むつ》

【注28続き】天皇の師範として天下の手本となり、国家を治め道理を論じ自然の運行を調和させる人のことをいいます。「その人なければすなわち闕けよ（欠けよ）」つまり適任者がいない時は任命されないため、「則闕の官」といわれます。
太政官は当時の日本の最高行政機関。今の内閣のようなものですが、司法・行政・立法を司《つかさど》るので、今の内閣よりはるかに大きな権限を持っていました。
【注29】空の駅伝〜航空事業のことです。
【注30】金の流るる市〜金融市場
【注31】日の本の政《まつりごと》もはらに預《あづ》かりし上卿《しやうけい》なる人は、その司《つかさ》はとりどりなる大臣《おとど》、納言《ものまうすのつかさ》
大臣は太政官の長官（かみ）、これは太政大臣、左大臣、右大臣、内大臣からなります。納言はここでは太政官の次官（すけ）である、大納言、中納言、参議のうち大納言、中納言を指して

の中から見捨てられたと思った人々は、どうにもならない境遇に、タトゥケル首相のことを悪く思うし、かえってセレーネ妃には心が魅かれたのだろう。それにしても本当に、フロレス・カリュケス国の制度が大きく変革された時で、国のいろいろな制度の規制緩和を進めたんだ。それは国営だった水道、電気、ガスなどの国民のライフラインとなる事業を民営化し、航空、空港なども国営から民営に移したんだ。そして所得税より消費税に税収の比重を移して、金融市場も規制緩和して外国資本の参入を認めるようにした。その間、日本の首相は六人数《たりかぞ》ふるほど長きにわたる政《まつりごと》なりき。末には国の勢ひまたおこりたりしかど、改むる事どもにうち遅るるまま、身沈む人も多《おほ》かりき」

「いでや、大学にて講《かう》ぜらるるやうなり。さりや、官民国の活計《くわっけい》こしらふることの学問にて、大学で学びしこと思ひ出でぬ。さればよ、前御息所《さきのみやすどころ》と、かの国の民むすぶらむしるしなるものぞあらむと思はるるなり」

人の世は等しからねば、おほかたはよそ人見て、いづれかまさる、劣る、等しきなどおのづからくらぶる思ひにとらへらるるも、ものあはれなりて、国をたひらかにすぶるには、おほかたの人々の、本《もと》は等しからむやう思ひなしつべきものどもこそ要《えう》ずべけれ。そのものは

【注31続き】います。

太政官の政務を主宰し専行するのは、原則として大臣のうち最も地位の高い人が務めました。言わば今の内閣総理大臣に該当します。上位の大臣が欠員、休暇、病気などで欠いた時は、その次席の大臣が政務を務めるのです。従って内大臣が政務を主宰、専行するということもあり得ました。

ところが、大臣全員が欠員、休暇、病気などで朝政に欠席した場合は、政務を大納言が、大納言まで欠いていると中納言も政務を主宰、専行出来るのです。この場合は今でいう総理大臣の役目を中納言が務めるということになるのです。そういう事例があったかどうかはわかりませんが、職掌上はそういう規定になっておりました。

人を数えるほどの長期政権だったんだ。結果として国勢は盛り返したけれど、改革の波に遅れてしまって、国民の中には落ちぶれてしまう人も多かったんだよ」

「もう、大学の講義を受けているみたい。そうそうそれ、大学の経済政策論の授業で習ったこと思い出した。やっぱり、セレーネ妃とフロレス・カリュケス国民を結びつける何か確かなものがあると思えるんです」

この世は平等ではないので、たいていの人は、自分と他人との優劣を比較する思いに自然と、とらわれてしまう。これは人の宿命の悲しさというもので、国が平穏に治まっていくには、ほとんどの人達が基本的には平等であるかのように、思い込ませるものがきっと必要と国柄によりてぞ異なる。またあぢきなく世を経《ふ》る人をも少しきになりぬべきやうおきたることぞ、やむごとなきとも思ひぬ。女《をんな》の言ひによりてかく思へるに、やがて女《をんな》は語り出づ。

「さても、かの御《おほん》ふるまいは、人のむげにぞ思ひうんじけむこともあり給ひしぞかし。さる際《きは》なる御方《おほんかた》の、ただ人どもいとど見入れ、語らひしことどもは、ただ人によそふれば、いにしへに言ふ、遊び女《め》に落ちゆき果て、言ひ消たるることにもよそふべからむ」

遊び女《め》に落ちゆき果つ……。さることとありぬべし……。

「されど御心《おほんこころ》あやまりに、苦しきこと、また思ひおとされ、言ひ消たるること、あまたたびありしを、しのぎゆき給はむは、げにかしこくもあはれなり。位下りさせ給ひて後も、よく見入れ語らひ給ひしものありしかど、かかる人のまゐらするものは、世におはせば、いつしか世に寄せられてむものとて、世のわびぬる人々に用ゐられぬべしと思ひなしぬ」

「さらば、春の宮と今の御息所《みやすどころ》や悪しかる。前の御息所《みやすどころ》と逢ひて後も、なからひさるまじきままなりしを」

なる。その必要となるものはその国柄によって違う。またどうしようもない、努力のしがいがないと、諦めてしまうような人達を少なくしていくべきことも大切なのだと、彼女の言葉から思った。彼女が話を続ける。

「それにしても、セレーネ妃のされたことって、人から最悪って思われることもあっただろうって思うんです。だって皇太子妃ともあろう方が、一般人と特別な関係になったことなどは、普通の人の場合なら、昔風でいえば遊女に身を落として、悪しざまに言われることにも例えられるでしょう」

遊女に身を落とす……。なるほど……。

「でもセレーネ妃には過ちや苦しみ、見下されたり、非難を受けたりすることが、それこそたくさんあったのだけど、それを乗り越えていかれたのは、本当に立派だし共感できるんです。皇太子妃の位を降りてからも、特別に親密になった人もありました。けれどもその人から贈られたものは、もしセレーネ妃が生きていらっしゃったなら、いつかはきっと寄付されるものになって、困っている人々のために、使われるものになったに違いないと思っているんです」

「それなら皇太子と今の皇太子妃が悪いのかな。皇太子はセレーネ妃と結婚してからも、レギーナ妃とあってはならない仲を続けていた訳だから」

「今の御息所《みやすどころ》はそのかみ、品《しな》およばずとてみづからすまひ給ひし。前の御息所《みやすどころ》はかなくなり給ひて後、宮に請はれて、つひに逢ひ給ひき。春の宮は絶えず国の務め果たさせ給へり。いかでかは古き王家の実《じち》のうちなるさま、深うおしはかり聞こえむ。国と王家の務め、事業《ことわざ》取り持ちさせ給ふは、重き務めなりて、長き習ひもあれば、はかり難きはことわりにて、いとありがたし。ただ人の心やすきを思ひ聞こえぬべし」

さる術《すべ》なしつつ、もの言ひあへるにやあらむ、女《をんな》の息ややも深うなりぬめるやうおぼゆれば、言《こと》かけつ。

「いざしばし休らひ給へ。困《こう》じぬらむ。ものまめやかなればなかなかいとほし。ものなどまたものせむ」

「さりや。先立つ術《すべ》はやがてやめば、さものせむ」とて、少しきほどにて手を背よりのけつ。

みづからは立ちて、手すましに行《ゆ》きてより、もの冷《ひ》ゆる厨子《づし》より割り氷《ひ》持て来て玻璃《はり》の器《うつは》に入る。臥《ふ》し所《ど》に腰掛け葡萄《えび》の酒など置きたる机引き寄せ、女《をんな》を招けば、「しばし待ち給へ」とて、荷箧《にばこ》開けて、ものなど取り出でて、また薫《かを》る油調《てう》ず。待つに、女《をんな》は調《てう》じたる薫《かを》る油、

「レギーナ妃はその当時、身分違いだとして自分から結婚を辞退されたんです。セレーネ妃が亡くなってから、皇太子から請われて結婚された訳です。ウィンドソル皇太子は常に国への義務を果たしていらっしゃるし……、王室の本当の内情なんて、わかりようがないんじゃないかなって思うの。国と王室の義務などを果たしていかれることは、重責で、古くからの伝統もあれば、私達にはわかりようがないのはもっともなことで、王室の人のとても大変なことを思って、一般人の気楽さを思うべきだと思うの」

マッサージをしながら話もしているからであろう、彼女の呼吸が少し深くなってきたように思われたので、言葉をかけた。

「少し休んだらどう？　疲れたでしょう。すごく一生懸命してくれているので、かえって悪くて、一息入れて、何かまた飲もうか」

「そうですね。前半のマッサージはもう終わるので、そうしましょう」

彼女は少しマッサージを続けてから僕の背中より手を離した。

僕は立ち上がって手を洗ってから、冷蔵庫から氷を取り出してグラスに入れた。ベッドに腰掛けてワインなどを置いてあったテーブルを引き寄せ、彼女を呼ぶと、彼女は「ちょっと待って」と、キャリーバッグを開けて、中の物を取り出して、またアロマオイルを調合している。待っていると、彼女は調合したアロマオイルをお湯で温めて持ってきて、テーブルの湯にて暖めて持て来て、机に置きてかたそばにゐぬ。ほのかに甘き香たゆたひぬ。

「朝顔《あさがほ》なむ侍る。まろは幼き時より朝顔《あさがほ》好めるも、おほかたの薫《かを》る油の本《もと》にはなきものなりしなれば、いみじうゆかしく思ひたりしに、この頃、やうやう朝顔《あさがほ》の薫《かを》る油、初めて出でたれば、いかなる香なるか求め侍り。天竺より来たるものなるも、本《もと》なるもの、とくるもののあらたむることのかたほなれば、肌にただに付くるはひかふべきものなれど、いみじうよき香なりとおぼえ侍り」とて、朝顔《あさがほ》の薫《かを》る本《もと》なる油の入りたる、小《ちひ》さき玻璃《はり》の器《うつは》見す。透《す》く器《うつは》のうちに、薄き山吹色の水やうのもの入りたる。

朝顔《あさがほ》は我も幼き時、育むことありしかば、昔のことぞしのばるるに、薫《かを》りは、まさに思ひのどめらるる心地すれば、さなるよし、女に言へば、かすかにうべなひて、

「朝顔《あさがほ》に服《ぶく》なるひとの身をかゞむ【補注6】なる句、知り給ふや」と問ふ。

「いで……、服《ぶく》……」あさましくも思ひまはしはかるに、

「朝顔《あさがほ》は、にほひやかなるうちに、おのづから、ものさびしきけはひも宿す花なれば……」

「……」

何かは思ひ出づることやあらむと思へど、問はぬままに、やがて割り氷《ひ》入れたる玻璃《はり》の器《うつは》

上に置き、僕の隣に座った。ほのかに甘い香りが漂う。

「朝顔なんです。私、小さい時から朝顔の花が好きで、だけど、一般的なアロマオイルの本には載っていないものだったんです。だからすごく興味はあったんですけど、最近やっと、朝顔のアロマオイルが初めて出てきたので、どんな香りなのかと思って手に入れたんです。インド産なんですが、成分分析が十分とは言えないので、肌に直接使用するのは、控えるべきものなのですが、とても良い香りがすると思うんです」

朝顔のエッセンシャルオイルの入ったガラスの小瓶を見せる。透明な瓶の中に、薄い山吹色の液体が入っている。朝顔は僕も幼い時に育てたことがあるので、その頃のことが懐かしく思い出されて、そして本当に心が落ち着く香りが漂ってくるので、それらのことを伝えると、彼女はかすかに頷いて、

「朝顔に喪服のひとのかゞむかな、という俳句知ってます？」

「さあ……、喪服……？」

意外なことを言うので、彼女の問いかけの底意をはかりかねていると、

「朝顔は華やかなうちにも、さびしさも宿す花なので……」

「……」

彼女は、何か昔のことでも思い出したのだろうと思ったが、そのことは尋ねないままに、

に、先づ白き葡萄《えび》の酒入れ、泡出づる水混ぜ、ありつるかの酒またつくりて女《をんな》にも勧む。このたびは玻璃《はり》の器《うつは》、あひ見入るに、泡立ち上りて、うたかたとなりて消えつつ、ほのかに薫《かを》る。

女《をんな》はひとりごつやうささめく。

「泡は葡萄《えび》のおのづから泡出づる酒の泡とくらぶるに、少し大《おほ》きなるも、ところどころ途絶ゆるにおぼつかなし。葡萄《えび》の泡出づる酒なれば、かそけくも絶えだえに続くものを……」

女《をんな》、玻璃《はり》の器《うつは》手に取れり。

「前御息所《さきのみやすどころ》も品《しな》にならひて、かの酒ならで、葡萄《えび》のおのづから泡出づる酒好めれば、はた、かのやうなる思ひのほかなることゆゑなくて、はかなくなり給ひしことなかりけむや」

とて、玻璃《はり》の器《うつは》の中まもれり。

「されば……、〟うたかたの心を乱る時を経て消えぬる果ても……、果ても……、香やはかくるる……〟」

さて女《をんな》、玻璃《はり》の器《うつは》に一口、二口と口つけ、ものして、机に置きつ。

「さればこそ身をめぐる時とさまによくこたふるに、ほどと際《きは》を思ひ知りてならはねば、み氷を入れたグラスに、まず白ワインを入れてから炭酸水を加え、またさっきのスプリッツァーを作って彼女にも勧めた。そして今度は、一緒にグラスの中を見入っていると、泡が立って、グラスの面まで立ちのぼって、泡沫となって消え、ほのかに香りが立つ。彼女は独り言を言うようにささやいた。

「スプリッツァーの泡って、シャンパンの泡と比べると、少し大きいけれど、きれぎれで途絶えてしまいがちなのが、心細くて頼りなく思うの。シャンパンならば、泡は切れないでほのかに続いていくのに……」

彼女はグラスを手に取る。

「セレーネ妃も妃殿下なんだから、スプリッツァーではなくてもっとシャンパンを好めば、あのような不慮の事故などなくて、亡くなることにはならなかったのかも知れないのに」

と言って、彼女はグラスの中を見つめる。

「だから……、〝うたかたのように実はこわれやすかった心を無理に乱れるようにして、その結果、命を失うようになってしまって……、けれども……、それでもその華やかな様子は今でも思い出す人の心に生き続けているのよ〟」

そしてグラスに口をつけて、一口、二口と飲んで、テーブルに置いた。

「だから生きていくその時、その時を上手に乗り切っていくには、自分のことをよく知って、づからの占むる方も失せなむや……。さても我が身はいかにぞなりなむ。〃うたかたの心乱るる時を経て消えぬる果てに人の知らなく〃かかるにもこそならめ」【補注7】

かくはとてささめき果てぬ。

もの思ふ面影、もの言ふ音《ね》ほのかにかなしくいとあてにらうたげなり。

「さることありぬべきとは、よも思ひ給ふまじ。労《らう》ありて心ばせあるやうおぼゆれば、あらじ」うちささめき答《こた》へて……、女《をんな》の膝に置かるるたなおもて【注32】返《かへ》して、たなごころひかふるに、やをらこたふ。やがてほのかに口重ねぬ。

もの心憂がるけしきもなく、思ひ寄りぬるやうおぼゆれば、やがて静やかに横たへ手枕《たまくら》【補注8】しつ。「寒からずや……」「さなむ……」「かくは、身はならはしのものに【補注8】とはなりななむ」とてまた口重ねゆく。

かくするうちに、いとどなつかしうおぼゆれば、かくはこまやかにものしつつ、かなしう、身などをものしすさびゆき重ねたるに、ほのかにもりくる香と音《ね》のあはれなれば、ふと、ま

【注32】たなおもて～たなうら（掌）は、たなごころ（掌）すなわち手のひらのことです。ですので手の甲のことをこのように表現しました。造語です。

限界もあることを自覚しなければ、居場所がなくなってしまうんですよねえ……。私ってどうなってしまうんだろう。〝いろいろ悩んだ末に人知れず死んでしまう〟こんなことになってしまったらどうしよう……」

ひそやかな声が途切れる……。

思い詰めたような面差し、少しせつなげな話し声も上品で愛おしく感じられる。

「そんなふうに考えたらだめだよ。頑張っているんだし、しっかりとした心だって持っているのだから、大丈夫だよ」

ささやくように答える。そして……、彼女の手を返して掌を握ると彼女もそっと握り返す。

そのままやわらかく唇を重ねた。

いやがるような様子もなく、心を寄せてくれているようなので、そのまま静かにベッドに彼女を横たえて手枕をした。

「寒くはない……」

「うん……」

「こういうことが、いつもの慣れたことになってくれたら……、いいのに」

そしてまた口を重ねていく。

口を重ねているうちに、彼女のことを抱きしめたくなったので、彼女を優しくあつかいなみ、まなざしの見まほしくて、髪かきやりつれば、まみにほひてかたちうつくしげなり。なほも、あたりあたりものしすさびゆくに、身のものすべすやうせむも、女《をんな》は世の中のこと思ひ知るべからむに、かつうはなかなかつつましうもてなしためるは心もとなし。されど女《をんな》のすまふさまも気おほどかにて、げに思ひうとむけしきなければ、しばしありて、さりぬべきやうなりぬる。さらに見るに、身なりたをやかに清げなりて、肌つきこまやかになまめかし。

さるほどに、いみじう深う思ひ入れてものせるに、消え入る気色《けしき》あやしうあてなり。おほかたの遊びし時なれば、いみじう思ひ入れ、身のうちに気色《けしき》だつは、かりそめなるに、かくなる思ひやりても、心ゆき果たで、なほ、なつかしくもかなしむ心付きぬるを、あさましうもあはれにおぼゆ。女《をんな》もまたいみじう名残に思ひ染《し》むめり。〃ぬき乱る思ひの果てぞ白玉のつゆの世なるか末や散りぬる〃散ることもこそあれ。【補注9】かくなむまめやかに思へる。

しばしは女《をんな》にまた手枕《たまくら》して、名残《なごり》、心に染《し》むばかりにあるに、今は春の夜の夢ならぬ、秋がら、愛おしみつつ、抱きしめていくと、ほのかな香りとともに、彼女の忍びやかにもらす声が愛しく感じられて、ふと彼女の瞳を見たくなって、髪の毛をかきやれば、眼差し美しく、目もともほんのりと美しく色づいていて面差しは可愛らしい。彼女をさらに抱いて愛おしんでいくうちに、彼女のすべてを見ようとするのだが、彼女は男女の仲のことはよく知っているはずだろうに、かえって恥ずかしがるような素振りをしているようなので、焦れったく思う。だが彼女があらがう様子も何となくおっとりとしていて、本当にいやがっている感じではないので、しばらくするうちに彼女の肌を覆うものはすべて取りはらわれた。あらためて見ると、体つきはしなやかで美しく、肌の様子はきめ細やかでみずみずしい。

やがてますます愛おしさが強くなってしまって抱きしめると、彼女が高まる様子は不思議なくらい品が良い。いつも遊んだ時は、女の子への思いが強まって、心が高ぶるのもひと時のことなのだが、かりそめの思いを遂げても、心は満たされなくて、さらに抱きしめて大切にしたい気持ちになってしまったので、そんな自分の気持ちを意外に思いながらも、彼女への愛しみの心があふれ出てくるのを感じてしまう。彼女もまた余る想いに浸っているようである。〝彼女とはこれっきりになってしまうのだろうか。いや違う。何としてもこれからも付き合いたい。これっきりなんて考えられない〟本気でそう思った。

しばらく彼女に手枕をして、余韻に浸って、この手枕で彼女がさらに想いを寄せてくれた

の夜の夢とて、手枕《たまくら》にかひ【補注10】あらばこそとおぼゆるほどに、女《をんな》は問はず語りに語り出でぬ。

「まろなむ、大学にて学を修めて出でしよりは、商ひなどの事業《ことわざ》する寄合《よりあひ》などの疵など勘《かんが》へて、改むる術《すべ》もの申《まう》す事業《ことわざ》する寄合《よりあひ》に、幾年《いくとせ》か仕へ侍りし。されど忙しきことどもいと多《おほ》く、心の外《ほか》なることどもも重なりて、心地もいたく張りたれば、わびしくもの心細くもなりゆきて、身いと困《こう》じたりきに、心のつひえの多《おほ》きゆゑならむと思ふも、労気《らうげ》にはかに起こりて、いたくなむわづらひ侍りし。さるを人の勧むることありて、この薫《かを》る油用ゐる抑へ撫づる術《すべ》うちかへし受け、朝夕のことにも良き薫《かを》るもの用ゐて家《いへ》にもめぐれるやうにするに、労《らう》気《げ》はすなはち癒えたりき。時しも勤めにて、めざましうたてきこと重なりしかば、やがてかの改むる術《すべ》もの申《まう》す勤め辞して、このわざ習ひ修めて生業《なりはひ》とし侍りき」

「されば、またかく聞くは、げにこちなう、をこなるとおぼゆるも……、今かくものし給ふは何かゆゑやあらむ……」

とて、またうちささめきてたづぬれば、女《をんな》は手枕《たまくら》のまま、こなたを側目《そばめ》に見て、

「何かは、つつましかるべきことやあらむ……。さるはこのわざ習ひ修めたるところにて勤め侍りしも、一年《ひととせ》過ぎてしばし程経《ふ》るに、かの改むる術《すべ》もの申《まう》す勤めにて財《たから》積るところあれば、これを使ひてみづから店《たな》借りて、この事業《ことわざ》始め侍りき。人も用ゐてせしに、費《つひ》えなどの

らいいなあ、などと思っていると、彼女が問わず語りに話し始めた。

「私ね、大学を卒業した後は、コンサルタント会社に就職して何年か働いていたんです。だけどものすごく忙しい所で、期待外れのことなんかも多くて、プレッシャーもかかってしまって、落ち込んで不安になっていったら、いつの間にか疲れが溜まって、心の疲れが大きな原因なのだろうと思うのですが、急にひどい病気になってしまったんです。ところが人から勧められて、このアロママッサージを何度も受けて、日々の暮らしにも良い香りのものを取り入れて、家の中もその香りが巡るようにしたら、病気が治っちゃったんです。ちょうどその頃、仕事で本当にいやなことが重なったので、そのままコンサルタントの仕事を辞めて、アロママッサージの技術を身につけて、仕事にしたんです」

「だとすると、またこんなことを聞くのは不躾で、馬鹿みたいだと思うのだけど……、今こうしているのは何か訳でもあるの？」

またささやきかけると、彼女は僕の手枕のまま、僕の顔を横から見て、

「ええ、かまわないですよ。別に隠すことなどもないし……。実は、このマッサージの仕事を習ったところで働いていたんですけれど、一年過ぎて、それからしばらくしてから、コンサルタントの仕事で貯めたお金もあったので、これを元にして、自分でお店を借りて独立したんです。人も雇っていたんですけど、いろいろ出費がかさんだりして結局辞めることに

ことども多《おほ》くてつひにはやめてき。さればかくなむ……。されど、いとど負ふものありしを、かかるわざにて先つ頃、みな弁《わきま》へたりしこそわりなくもよろしけれ。」

「……」

「されば、今のやうなることどもも、身はならはしのものに【補注8】ぞなるまじく、ともしく暮らすことどもよりも、抜け出づるべきと頼めり」

いかにもの言はむか思ひまはすほどに、臥《ふ》し所《ど》の片側《かたそば》に置きたる女《をんな》の便りするもの鳴りぬ。

「はやう刻限来たる。こと方の抑へ撫づる術《すべ》、せざるままになりつる」とて女《をんな》起きぬ。薫《かを》る油入りたる器物《うつはもの》など、すすぎに行《ゆ》きて、かの車つきたる荷篋《にばこ》に収むれば、我に起きて湯使ふやう勧む。臥《ふ》し所《ど》より起き出づれば、女《をんな》は臥《ふ》し所《ど》に敷きたる輪奈布《わなぬの》をさめ初《そ》めぬ。我は湯使ひに行《ゆ》くに、やがて女《をんな》も来ぬ。

「ともに湯使ひてむ。まろの身にも薫《かを》る油つきつる」笑《ゑ》みて言ひつつ、手づから我の身をすすぐ。すすがれつつ思ふは、臥《ふ》し所《ど》で思へることとなり。かかる事業《ことわざ》の縁《えにし》のみにならむことこそ惜《を》しけれ。のどやかにものなどものする時などまうけて、心知り、語らはまほしく思へば、なっちゃった。だからこうしているわけなんです……。でも、たくさんあった借りたお金も、おかげで先日全部返せたんで、まあ、しょうがなかったんじゃないかと思ってます」

「……」

「きっと今みたいなことが当たり前のことではなくなって、ギリギリの生活からは抜け出せるんじゃないかと期待してるんです」

どう言葉を返そうか考えているうちに、ベッドの横に置いてあった彼女の携帯電話が鳴った。

「もう時間が来てしまいました。もう一つのマッサージはしないままになっちゃった」

彼女が言いながら起き上がった。アロマオイルの入った容器などを洗いに行って、キャリーバッグにしまう。そして僕にはシャワーを浴びてくるように勧める。ベッドから起き出ると、彼女がベッドに敷いたバスタオルをしまい始めた。

僕がシャワーを浴びに行くと、すぐに彼女が来た。

「一緒にシャワー浴びましょう。私にもオイルがついちゃった」

笑顔で言う。僕の体を洗ってくれる。洗ってもらいながら思うことは、さっきベッドで思ったことで、このように彼女の仕事を通じての縁だけになるとしたら残念だ。ゆっくり食事などする機会を設けて、お互いのことを理解するようになり、もっと親しい関係になりた

「かかる事業《ことわざ》にかかづらはで、またの時まうけて、ものなどものして語らひ見まほし。便《びん》よき日あり給はば示さまほしや。我のまたの暇の日、土曜《どえう》なるに、いかにや」といみじう思ひ入ることとなれど、すがすがと言へば、

「何かは、よかなり。さつかうまつらむ」やすくも何心なきやう答《いら》ふ。

「されば、後に言の葉の便り送るに、待ち付くる所、刻など定めむに湯終《を》はれば、たづきとなるものぞ教《をし》へまほしき」

「さりや。さし参《まゐ》らせむ」

かくなれば、湯より出でて木綿《ゆふ》の輪奈布《わなぬの》の衣着《きぬ》て、女《をんな》の身など装《よそ》ふを待ちて、言の葉の便り送るたづき交はす。

やがて、曹司《ざうし》より女《をんな》出づるに、

「げにあはれなる時なりけり」と忍びやかに言ひて見送れば、女《をんな》もまたささめき返《かへ》して、

「いみじうあはれに……」とて往《い》にぬ。

いと思って、

「この仕事とは関係なしに、今度会ってみない？　ご飯なんか一緒にどうかな。都合の良い日があったら教えてよ。僕の次の休みの土曜日なんかどうかな」

思い切って言うと、

「ぜんぜん、ＯＫですよ。じゃあそうしましょう」

あっさりと同意してくれた。

「じゃあ、後から待ち合わせの場所とか時間とか、メールで送るから、シャワー終わったら、メルアドを教えてね」

「ええ、いいですよ」

僕は先に上がって、バスローブを着て、彼女がシャワーを終えてから、身仕舞いするのを待って、メルアドを交換した。

彼女を見送りながら、

「本当に何て言ったらいいか……。うまく言えない……」

小声で伝えると、

「本当に……、私も……」

彼女もまたささやき返して帰って行った。

またの日、まうけせむ所、刻定めて、女《をんな》に言の葉の便り送れば、立ちかへり、心得聞こえたり、と返《かへ》りあり。

かからむことかれこれ思ひ出づるうちに、なべての方の術《すべ》終《を》はりぬべければ、重ねてこと方の術《すべ》にはうつらずに、今の方続くるやう請へば、女《をんな》もうべなひてさるわざ続く。

さるほどにかかる術《すべ》、心地好くうちまどろみつ、うち醒めつ、受くるうちに終《を》はりとなりぬ。されど、つひには女《をんな》の心とくることもなければ、いとさうざうし。

女《をんな》、湯使ひたる後に、ひとりのみ湯使ひて、木綿《ゆふ》の糸の輪奈布《わなぬの》の衣《きぬ》着て曹司《ざうし》に帰《かへ》れば、女《をんな》、仕舞ひのことは終《を》はりて、衣《きぬ》着て倚子《いし》にゐて、みづから持て来たるものなどものしたり。刻限までいまだ時あるやうなめり。

我も座にゐるに、やがて女《をんな》語り出でぬ。

「もののたまはせ給はむことや侍るめる」

あやしうことさらめきてゐやゐやしう、かつはなげのけしきに言ふ。ねたう思ひて、翌日、食事をする場所を予約し、待ち合わせの場所と時間をメールで送ると、折り返し、了解しましたとの返事があった。

こんなことをいろいろと思い出しているうちに、普通のマッサージが終わりそうになったので、あらためて別のマッサージに移らずに今のマッサージを続けてもらうように頼めば、彼女も同意してマッサージを続ける。そのうちにマッサージが心地良く、うとうとまどろんだり、覚めたりしているうちに終わりとなった。

だが、結局最後まで彼女は打ち解けてはくれなかったので、何とももの足りずさびしい気持ちになった。

彼女がシャワーを使った後に、一人でシャワーを浴びて、バスローブを着て部屋に戻ると、彼女はすでに後片付けを終え、服を着て椅子に座って、持参の飲み物を飲んでいた。定刻までまだ時間があるようである。

僕も席に着くとすぐに彼女が口を開いた。

「何かおっしゃりたいことなどでも、ございますのでしょう?」

妙にわざとらしいくらい丁寧だけれど、投げやりな感じで言う。

むっとして、

「いみじう気遠《けどほ》くつれなうもてなすものかな。いかなるとが負ひつめるや。言ひ果ててよ。あきらめむにこそ」

「……」

「語らひそめにしつまこそ、はた、なべての見る目ならね、かりそめとなるはあいなくて、この方《かた》ことと語らひ、馴れゆくことこそ本意《ほい》なりにしか。されば、ものなどものする設《まう》けせしを……。そも初めは、つひにはいにしへのきぬぎぬの別れなるけしきにこそなれ、次なる時もにぎはしくよきけはひなるを、いかなるあいなきことやありけむ。ほとほりてぞ去りし」

「ことと語らひ、馴れゆくぞ本意《ほい》なる……、今聞き初《そ》めつる……。いでや、なさけばむやうもてなすなめりかし。なほかかることとするぞ、心のままにすさぶるかりそめのあだことなる。またの時あらばやと思ひぬらむや。折々《をりをり》かかるすさび事するに、馴れ、靡きゆくめると思はむすぢあらば、かりそめに語らひ、馴らはば、さるほどに飽きて、はなつままになりぬべし。かかるすぢなくも、この抑へ撫づる事業《ことわざ》にて、すぎすぎ人かへば、同じきことなるべし……。〝色変はることもやしげき青葉なる山に隠るることのやすきに〟【補注11】こなたに聞こえよき人どもほかざまにもあれば、みちびきやつかまつらむ」

「……」

「ずいぶんと、冷たいんじゃないか。何が悪かったんだよ。はっきり言ってよ。僕も言うから」

「……」

「きっかけは、もしかしたら普通の出会いじゃなかったけど、でもその場限りのことになるのはいやで、これからどんどん仲良くなっていきたいと思ってたんだ。だからご飯にも誘ったんだし……。それに最初の時なんかは、最後は昔でいうきぬぎぬの別れみたいな雰囲気にもなったし、ご飯を食べた時も楽しくていい感じだったのに、何が気に入らなかったんだよ。怒って帰っちゃって」

「どんどん仲良くなりたいだなんて……、初めて今日聞いた……。だめだめ、気があるようなこと言って。こんなことはやっぱり、どうせその場限りの気ままな遊びに決まっている。もうワンチャンめると思ったのでしょう？　時々こんなふうに遊んで、うまくいきそうな女の子がいたら、軽く口説いて、仲良くなったら、すぐ飽きて、ほっぽらかしにするのよ。そこまでじゃなくても、マッサージする女の子をいろいろ替えたら、同じことだし……。〝しょっちゅう気が変わっても、女の子はたくさんいるから、何ともないという訳ね〟お店で評判の良い子は他にもいるし、紹介でもしましょうか」

「……」

「さて、馴らひたれば、次には必ず癖見つけむ。さればやがて、まろの来し方も、あひうとむやうなりぬべし。親や友とする人に、いかに言はむや、まどひ、思ひめぐらすべし。はやう癖は知るらめど」

「……。負ひたるものありしこと、親にや言ひふれつかまつりたりし」

「あらず。まろの里は旧き家なりて、金のものなどくさぐさの形に作り出づるものなど作る事業《ことわざ》の寄合《よりあひ》【注33】に侍りき。近きほど、とても、昭和の御世の大《おほ》き戦《いくさを》終はりてより、この事《こと》業《わざ》始めしを、いつしかものなど作る事業《ことわざ》のある大《おほ》き寄合《よりあひ》の、諸色《しょしき》の片端《かたはし》作るを請け取る【注34】やうなりし。栄ゆる時もありて、まろもにぎはしく生ひ立てど、世の中詰まること久しくなれば、にはかに事業《ことわざ》絶えにし。まろのかの改むる術《すべ》もの申《まう》す勤め辞して、一年《ひととせ》ほど過ぎし頃なり。我も励みて事業《ことわざ》の疵、勘《かんが》へて改むる術《すべ》も伝へしも、遅かりし。さることありてより父失せ給ひて、やがて、母も失せ給ひ侍りき。さて、負ひたるものいと多《おほ》ければ、家継ぐことは法《のり》によりてぞ捨ててし」

【注33】金のものなどくさぐさの形に作り出づるものなど作る事業《ことわざ》の寄合《よりあひ》〜金属加工メーカーのことをいっています。

【注34】ものなど作る事業《ことわざ》のある大《おほ》き寄合《よりあひ》の、諸色《しょしき》の片端《かたはし》作るを請け取る〜大メーカーの製品の種々の部品製造を下請けするという意味です。

「それで、仲良くなったら、次は私の性格のいやなところに目がいくでしょう。そしたら同時に私の過去もいやになるはずよ。両親や友達にどうやって紹介しようかと、困っていろいろ考えることになると思う。もう、私の性格の欠点はわかっているだろうけど」

「……。お金を借りていたことは、お父さんやお母さんには相談していたの？」

「ぜんぜん……。私の実家は旧家だけど、金属加工の製造業だったんです。最近、と言っても、戦後になってから始めたことだったけど、そのうちに、ある大手メーカーの製品の部品を下請けするようになったんです。いい時もあって、私も豊かに育ったんだけど、不景気が続いて、いきなり倒産しちゃった。私がコンサルタント会社を辞めてから、一年くらい後のことで、私も頑張って事業の改善策を提案したのだけど、遅かった。それから父が亡くなって、その後すぐに母も亡くなってしまったんです。それで残された負債がすごく多かったので、相続は放棄したの」

「さは、我の寄合《よりあひ》のゆゑにやあらむ」

「ただにはあづかることはなきに、よそながらにやいささかかかづらふななる。されどかかることにぞ、かかづらふゆゑにはあり侍らじ」

「……」

かたみにもの言はでしづまりたれば、はしたなくてありたるに、また女は、

「心得ぬぞかし……。きぬぎぬ……、をこなるやう聞ゆ……。〝きぬきぬ……、衣着ぬ……。きぬきぬはあやなかるべき〟【補注12】……。すずろなるかな……。」

かく、伏し目がちになりて少しうつぶして、ひとりごつやう、うちささめきて言ひさしつるも、しばしありてまた忍びやかに、

「……、〝きぬぎぬはあやなかるべきさ夜ふればわづかに霧りなむ絆たつ朝〟【補注12】……。ほだし……。断つ……。いづ方にか往《い》に果てむ……」

またの月、師走《しはす》になりてなからも過ぎぬ。寄合《よりあひ》のさらに詰まることけはしくなりて、次なる仕舞ひもまた、いみじう悪しくなりぬべきけはひなれば、冬の殊《こと》なる給分《きふぶん》もいみじうともしくなりしはさるべきにて、なほ、ありありて、要《えう》ぜぬ仕ふる人ども大《おほ》きに省くを、かまふることになりぬ。我らもの作るわざ司《つかさど》る者どもは、寄合《よりあひ》の勢《いきほ》ひのもとなる、つひの頼りなる

「それって僕の会社のせい？」

「直接は関係ないけど、間接的には少しはあるみたいかな。だけどそんなことに、こだわっている訳ではないつもりです」

「……」

互いに黙ってしまって、息苦しく感じていると、また彼女は、

「訳わかんない……。きぬぎぬの別れなんて言って、馬鹿みたい……。〝あなたはちょっと肌を見せ合うようなことになったからと言って、恋人気分のつもりで、昔のきぬぎぬの別れなんてつもりになったのかも知れないけれど、ほんと訳がわかんない。とんでもない話よ〟」

こう伏し目がちに少しうつむいて、独り言のようにささやいて、言いさしたが、しばらくしてまた小声で、

「……、〝でも……、でも変、朝霧の中で別れると少し涙が出てくるなんて……、これってしがらみを捨てるからってことなんだと思う……〟……どこかに行ってしまいたい……」

それから次の月、十二月も半ばを過ぎた。僕の会社の業況はさらに厳しくなって、次の決算もまた非常に悪くなる見込みとなったので、冬のボーナスもかなり少なくなったのは当然のこととして、やはりというか、ついに大規模な人員削減を計画するに至った。僕ら技術者

もとゐと思ひ留むるも、かくも心やすかる我が頼みならむとあいなし。されど、とてもかくても、寄合《よりあひ》の勢《いきほ》ひ直るには、もの作るわざ司《つかさど》る人の励むことの大事なれば、日なみ我がわざにつとめむと思ひ定めたり。

我と同じもの作るわざ司《つかさど》る人たりし祖父《おほぢ》、父のありし世に、もの作るわざこそ日の本のもとゐなれと言ひ給へりし言《こと》、思ひ出でらる。まさにもの無からば、人の生業《なりはひ》ならず。世のことども人々に利きぬべきやうしたため、伝ふる術《すべ》など司《つかさど》る事業《ことわざ》【注35】も要《えう》ずるものなれど、この事業《ことわざ》、世のものども無からば、要《えう》無きなり。なほ、ものども作るわざこそやむごとなけれ。と、さらに思ひぬ。

暇《ひま》の日をみづからの家居《いへゐ》にて、静かに過ぐせる夕べに、酒の生業《なりはひ》を道とする所にて求めし、かの正しきさまに蘇《よみがへ》る国の、西のわたりなる小島の、広き江のかたへのきよげなるくぼみたる地てふ酒【注13】の樽より出でしものと、若草色の強き酒【注14】、割り氷《ひ》入れたる酒混ずる玻《は》璃《り》の器物《うつはもの》に、あひ注ぎて、矛《ほこ》のやうなる宿木《やどりき》の長き匙《かひ》【注11】、指し下ろして、こをろに画《か》き鳴《な》して引き上げて【補注13】、苔の衣《ころも》となして濃き煙葉《けぶりば》とともに飲む。かの女《をんな》のこと思ひ出でられぬ。

【注35】世のことども人々に利きぬべきやう伝ふる術《すべ》など司《つかさど》る事業《ことわざ》
ここでは情報サービス産業のことを言っています。

達は会社の力の根源で、最後の拠り所となる土台なんだと心に留めてはいるものの、これも気楽なうぬぼれのようなものかとも思うと、なんとも落ち着かない気持ちになる。しかしいずれにせよ、会社を立て直すには、技術者達が頑張ることが大切なので、これから毎日自分の務めは果たしていこうと心を決めた。

同じく製造業の技術者だった僕の祖父と父が生前に、ものづくりの技術こそが日本の国の基盤なのだと言っていたことが思い出された。確かにものがなければ人間の生活は成り立たない。情報サービス産業は必要な産業ではあるが、この産業は世の中のあらゆる物事を有効に利用しやすいように、整理し伝達などをする産業で、ものが世の中にあってこそ初めて成り立つ産業だ。やはりものづくりの技術こそが大切なのだとあらためて思った。

休みの日に自分の家で過ごす夕方に、酒の専門店で買ってきた、アイラ島のスコッチと薬草リキュールを氷を入れたミキシンググラスに注いで、バースプーンをグラスに差し下ろして、コロコロとかき鳴らして引き上げて、苔の衣を作って味の濃い煙草とともに飲む。彼女のことが思い出されてくる。

かの時は言ふかひなくて、またせめて言ひかけむも、いと若々しき心地ししかば、さるまま別るるもわりなければ、先づは対面して、なだらかに語り合はせまほしき心つきぬ。女《をんな》は本意《ほい》なること定むれば、深う思ひ入りて、思ひぐまなきこともなきにしもあらねど、まことにはあだならぬ人とおぼゆ。おほどかなるけしきに見ゆるも、さるは、ひたたけてたのもしげなきよりも、すくよかにたのもしげならむぞよき。女《をんな》はものの心知りて、ゆゑよし、才《ざえ》もありて、心ばせもあるべかめり。心の癖は、ただこの世経《ふ》るかたの心おきての少なかるによりてもと思ふめるに、人と立ちまじらふにつけて直さるべし。

かかる端《はし》にて語らひ初《そ》めしこと、女《をんな》はうたてく思ひなすはさるべきと思ふも、我がかかるさまに、心に隔て置きてもてなさずに、いかなる人にもつつめばよからむ。我を頼みて、心やすく思ひかへさまほし。女《をんな》の里の寄合《よりあひ》、倒るるゆゑも心もとなけれど、女《をんな》の言ふやう、我の寄合《よりあひ》と、ただにもの作るを請け取ることなければ、大事にはあらじとおぼゆ。さるは、女《をんな》と対面かなふまじければ、ことゆかぬなむ。言の葉の便り送るも返《かへ》りなからば、こと終《を》はる。重ねて送るは、かひなくうとむ心つよるべし。

あの時は、何とも言いようがなくて、また無理に話しかけようとするのも、大人げなくてみっともない気がしたので、あのまま別れるのも仕方がないことだったと思うのだが、まずは直接会って、穏やかに、話し合いたいと思う。彼女はいったんこうだと思ったことには、思い込みが激しくて、相手に対して心が行き届かないことも、ないというわけでもないのだが、実際には実のある人だと思う。

一見おっとりした様子に見えても、実はルーズで頼りないような人よりも、生真面目で心強い感じのある女性の方が僕には良い。彼女はものの道理もわかっているし、教養とかもあって、まあ、気働きも出来るタイプだろうと思う。性格のことは、ただ処世術が下手だったのだろうとも言える訳で、人との付き合いの中で、直るはずだと思う。

出会ったきっかけがこんなことだったので、彼女が気にするのも当然だと思うが、僕がそのことを気にせず、誰にも言わなければ良いことなので、僕を信頼して、彼女は気にしないで考え直してほしい。彼女の実家の会社が倒産した原因は気になるところだが、彼女が言うように、僕の会社と直接の取引がなかったのならば、問題にはならないだろうと思う。そうは言っても、彼女と直接会えなければうまくはいかない。メールを送っても返事がないと、それで終わりだ。返事がないからと言って何度もメールをするのは、逆効果で彼女の嫌悪感を強めることになるだろう。

さらば、定かに対面するには、またかの事業司《ことわざつかさど》る所に便りして、女《をんな》、宿の曹司《ざうし》に招くが良からむ。まことの名告ぐれば、女《をんな》に避《よ》けらるることもこそあれ。さらば、そらごとなる名を、宿とかの事業司《ことわざつかさど》る所と、もとより告げ置かば、我とは知るまじき。来たらば、先づいつはりて、宿に呼ぶことの罪うべなはむ。さて、ろなう抑へ撫づる術《すべ》なくて、宿のうちの、ものなどものする所にまうけして、刻限のうちは、ものなどものしつつ語り合はせましかば、始めは事業《ことわざ》で宿に招かるるを、あながちに憂しと思ふべからむも、我の心思ひ知らば、心置かぬやうなりゆきて、つひには心もとけまし。先づは対面こそやむごとなけれ。かの日より、時もややも過ぎたるに、いつしかさることこしらへむもよかなり。今の我のありやうなれば、かかるは過差《くわさ》もやともおぼゆるも、かの女《をんな》とのため、なほあるべきことと思へり。

かの女《をんな》のことは、かかるべきと思ひ返《かへ》して、やがて携《たづさ》ふる消息《せうそこ》の物の具の、もののこと尋《たづ》ね明らめむ術《すべ》にてかの事業司《ことわざつかさど》る所求め、女《をんな》の勤むる日をあらたむるに、はやうやめにけり。心もとなくもせむかたなくて、されば、言の葉の便りやせむと思ふに、今しもなほ思ひうんぜらるらむ、返《かへ》りなくもこそあれと思へば、にはかにわびしく、いたう臆すれば思ひくしぬ。

だから、確実に直接会うためには、また例の彼女の事務所に連絡をして、彼女をホテルの部屋まで来てもらうようにするのが良いだろう。しかし本当の名前で予約して、彼女に避けられたらまずいので、初めから名前を偽って、ホテルも彼女の事務所も予約をしておけば、僕だとはわからないだろう。会えたら、嘘の名前を使ってまでホテルに呼んだことをまず謝ろう。そしてもうマッサージなんかなしで、時間内はホテルの中の店で、食事か酒かお茶を一緒にして、いろいろ話をしたならば、初めは仕事でホテルに呼ばれたことを、強引なやり方だといやに思っても、僕の気持ちを理解してくれたら、だんだん心も開いて、最後には、わかってくれるだろう。まずは直接会うことが大切だ。あの日以来、時間もだいぶ過ぎたから、もうそろそろ大丈夫だろう。今の自分の状況からは、こんな手配をすることは、今や贅沢といえるのではないかとも思えるのだが、彼女とのことのためには、やはりなすべきことだと思った。

彼女とのことは、こうすればうまくいくだろうと考え直して、すぐに携帯電話のネット機能で、例の事務所を検索して、彼女の出勤日を調べたら、すでに店を辞めてしまっていたのだった。何とももどかしくてもどうしようもなくて、それならメールを送ろうかとも思っても、今のタイミングでは、彼女はまだ僕のことを厭わしく思っていそうで、返事がなかったらどうしようかと思うと、急に暗い気持ちになり、弱気になって、落ち込んでしまった。おおのづから、初めの夜はいかなることにやありけむ、女《をんな》のかの時の心、まことなりきやと思はましとなむ思ひしみゆく。

饗膳《きやうぜん》にて、「あたかも鴨川《かもがは》にて禊するに似て、身清むるやう覚ゆ。かしこくもいつくしきなるやう覚ゆるかな」と女《をんな》の言ひしは、ただいたくさるがうごとしかくるものと思ひしかど、今となりたれば、かの日をきはに、来《き》し方の正身《さうじみ》の絆《ほだし》なることども断ちて、新たなる我が世に出で立ちぬ、てふおもむきなるやう思ひなりぬ。

さあれば、はた、我のことも、とく去りぬることにぞなりたる。かかれば、つひの会ひし時、宿の曹司《ざうし》よりの帰《かへ》るさに、絆《ほだし》断ちて、いづ方にか往《い》に果てむなど言ひけむ。

日高き頃ほひより雪気《ゆきげ》にかきくらし、夕べには折々《をりをり》雪も降りて冴えわたるけしきに、楽《がく》の調べ耳に、玻璃《はり》の器《うつは》かたはらにながめ暮らす。ながめの末もすずろにおぼつかなきままに、海松《みる》色の苔の衣《ころも》、二坏《ふたつき》、三坏《みつき》と重ねゆく。煙葉《けぶりば》見るにおのづから火消えぬ。酔《ゑ》ひもすすみたるに、さすがに、ひたみちに思ひの言の葉の便り送らば、事なりぬべしとの心いとどつきぬ。

されば、便りの言の葉、女《をんな》にかなしと思はせ、心をやはらげむやう織らむとするに、さらに苔の衣《ころも》重ねゆけば、いみじうねぶたくなりぬ。

のずと最初の夜のことは、何だったのだろうか、彼女のあの時の気持ちは、本当だったと思っても良いのだろうかという心に、だんだんとらわれていく。

レストランで、「まるで鴨川で禊をするように、身を清めるって感じ。なんかすごくおごそかな感じね」と彼女が言ったのは、ただの強引な冗談と思っていたが、今となってみれば、あの日を境に今までの自分を清算して、新しい一歩を踏み出すような意味にも取れるように思えてきた。だとしたら僕とのこともすでに過去のことになっているのかも知れない。だから最後にホテルの部屋で会った時の帰りがけに、しがらみを捨ててどこかに行ってしまいたいなどとも言ったのだろう。

今日は昼頃から、空は雪模様の雲で覆われて暗くなり、夕方には時々雪もちらついてきて、外は冷え切った様子である。酒のグラスをかたわらに、音楽を聴きながらもの思いに沈むわけもなく不安な気持ちになるまま、海松《みる》色の苔の衣を二杯、三杯と飲んでいく。煙草を見ると自然と火が消えていた。酔いが回ってくると、先ほど思ったこととは違って、やはり、ひたすらに想いをメールで送れば、きっとうまくいくとの強い気持になってきた。それなら、彼女の心をやわらげ、動かすようなメールを送ろうと、文章を考えて、さらに苔の衣を飲むうちに、激しく眠たくなってきた。

またかの夢なりけり。かの木橋《きばし》の上《うへ》に、またたたずみにけり。めぐりのけしき、人のさまは、さながら江戸の時のやうなり。城の方巡る、御堀の水の川《かは》に出づるもとへになほこの橋ありけり。またさきと同じ夢なるとおぼゆ。まことにや、とて川面《かはつら》を見やれば、御堀の右の方《かた》、橋のあるわたりより、寄り来たる一隻《いっせき》の屋形船の先に、なほもかの女《をんな》ぞ立ちたりける。かたみに目顔合ひぬ。朝ぼらけより降れる雪もやうやうたゆめど、なほかきくらすうちにも、けざやかにかの女《をんな》と見分きつ。女《をんな》の髪は島田ならむに鮫小紋ぞや裾模様の衣《きぬ》ならむ、芸者ならむか、静《しづ》かに舞ひ歌ひたる。

朝顔《あさがほ》の露の命の消えぬ間に、
枯れぬる花のはかなさも、
その間をあまた、重ね果てたる時ふれば、
こころとくるもあるぞかし。

今宵《こよひ》たれと寝む。
夜はたれとか遊ばむ。

またあの夢を見ているのであった。あの木橋にまた佇んでいたのであった。周りの景色、人の様子はまるで江戸時代のようである。江戸城を巡るお堀の水が、川となって流れ出て行く所に、やはりこの橋はあるのだった。以前とまた同じ夢なのだと思う。そういえばと思って、川面を眺めると、堀の右側、橋がある方角からやってくる屋形船の舳先に、やはり彼女は立っていたのだった。互いに視線が合った。明け方から降っていた雪もだんだん小降りになったが、雪模様の暗い空のもとでも、はっきりと彼女だとわかった。髪は島田髷だろうか、着物の文様は鮫の小紋なのか、それに裾模様をあしらっていて、芸者なのだろうか、静かに舞い、歌っている。

朝顔《あさがほ》の露の命の消えぬ間に、
枯れぬる花のはかなさも、
その間をあまた、重ね果てたる時ふれば、
こころとくるもあるぞかし。
今宵《こよひ》たれと寝む。
夜はたれとか遊ばむ。

明かさむ人こそ常ならね。
常なき浮世にうみたるも、
寄らむはあだなる浮き舟に、
身を任すこそかひなけれ。
海への道はしるくとも、
海に入りてはたゆたふに、
おぼつかなきことかぎりなし。

さて君はいづかたにぞや。たれよけむ。
うしろやすけきこそよけめ。
かかる君にぞかしづかれなむ。
なほ我を、我を頼めてかしづかむ、
かなしびてむこそさらなれよ。

朝顔《あさがほ》の咲きよそひたる宿晴れてきぬぎぬなるも秋の夜の夢

明かさむ人こそ常ならね。
常なき浮世にうみたるも、
寄らむはあだなる浮き舟に、
身を任すこそかひなけれ。
海への道はしるくとも、
海に入りてはたゆたふに、
おぼつかなきことかぎりなし。

さて君はいづかたにぞや。たれよけむ。
うしろやすけきこそよけめ。
かかる君にぞかしづかれなむ。
なほ我を、我を頼めてかしづかむ、
かなしびてむこそさらなれよ。

朝顔《あさがほ》の咲きよそひたる宿晴れてきぬぎぬなるも秋の夜の夢

やがて女《をんな》の舟は橋の下を経て行《ゆ》けば、橋詰を右に川《かは》に添ひて舟を追ふ。今は仕舞ひのことならむか、商人《あきびと》どもぞさはぎたる市あり。前栽物《せんざいもの》ひさぐ市なめり。見過ぐるに、竹のあまた天《あま》突きて立てる見ゆ。雪気《ゆきげ》のかきくらしたる空のもと、黒々と高楼《かうろう》のやうなり。舟見れば、女《をんな》ははやう屋形のうちに入りぬ。雪の少し降り積むままなる川《かは》に添ひたる道をさらに行《ゆ》けば、舟は川交《かはか》ふるところを右に折《を》れり。舟追ひて近き橋渡り、川《かは》添ひにまた右折《を》る。行《ゆ》きて次に左に折れ行《ゆ》くに初めて見えたる橋のわたりに舟着きぬ。いつしか雪もやみてかきくらしたる空もほのかに明かくなり初《そ》めぬ。

女《をんな》は客なめるものどもともなひて、舟の着きたるところよりほどなき家に入る。今、わが身を見るに、縞の着物着流して、無紋黒羽織、腰に大小、あやしう、いつしか侍なる姿となりにけり。家のさまうかがひてしばし待つうちに、女《をんな》は三味線入るる箱なめる長き箱持ちたる男《をとこ》を伴ひ家より出づ。川《かは》添ひに道もどりて、とある裏道に入りて、格子戸《かうしど》の口の家に入りぬ。男《をとこ》は箱置きて帰れり。

その家の前に行《ゆ》きて、かへすがへすのごひたる表の黒き格子戸《かうしど》、櫺子窓《れんじ》より家のうちうかがふに、「たそ……」と声して格子戸開《かうしどあ》く。鈍色《にびいろ》の衣《きぬ》着たる尼なりけり。動《どう》じて、そのまま舟は橋の下を通っていったので、橋詰を右に出て、川沿いに舟を追いかける。仕事の後始末をしているのであろう、人が大勢忙しく立ち働いている所を通る。青物市場のようだ。そしておびただしい本数の竹が立っている所が見えてきた。雪模様で暗く曇った空の下で黒々と高楼のようである。舟を見ると、彼女はすでに屋形の中に入っていた。雪が少し積もった川沿いの道をさらに行くと、舟は川の交差した所を右に向かって曲がっていった。舟を追いかけて近くの橋を渡り、川沿いにまた右に行く。そのまま行って、次は左に折れ行くと、最初に見えた橋の近くに舟は着いた。いつの間にか雪はやんで、曇っていた空も少し明るくなり始めていた。

彼女は客らしき人達と一緒に、舟着き場からほど近い所にある家の中に入っていった。気づくと僕の姿は無紋の羽織に縞の着物を着流しして、腰に大小の刀を差している。不思議なことに、いつの間にか侍の姿になっていたのだった。家の様子を窺って、しばらく待つうちに、彼女はおそらく三味線を入れる長い箱を男に持たせて、その家から出てきた。また川沿いの道を戻って、とある裏道に入ると、玄関の戸が格子戸の家の中に入った。男の方は三味線の箱を置いて帰っていった。

その家の前に行って、拭き込まれた黒い格子戸と櫺子《れんじ》窓から中の様子を窺っていると、「誰……？」と尋ねる声がして、格子戸が開いた。鈍色の衣を着けた尼であった。

「今、この家に入りたる女《をんな》はいかにやし給ふぞ」

「何……、何とかのたまはむ」尼問ふ。

「今、芸者のやうなる鮫小紋なめる着物の女《をんな》、三味の箱持ちて、この家にや入り侍りたる。箱持つ男《をとこ》は箱置きて、やがて往ぬるに……」

「何か、あらず。知り侍らず」

「さだかに見侍りたるを……」

とて、尼の顔よく見るに、ねびたれど、かの女《をんな》なりけり。

「おもとは……」

めぐりを見るに、来る時と裏道のけはひたがへり。この家の格子戸《かうしど》、櫺子窓《れんじ》の色も褪せたるやうおぼゆ。

「ことあり顔にぞ見えつかうまつる。入り給へ。あるやう聞き侍らむ」

尼は我の顔、見知らぬやうなめり。

座敷に案内せらる。座敷に並びてあるは、けゐの間ならむ、ともに縁に向かふ。座敷に並ぶ間また一つあめり。格子戸《かうしど》の口の方に仏間も見ゆ。縁の外の庭は、思ひの外広く奥深きや

「今、この家に入っていった女の人はどうしました？」

あわてて尼に聞く。

「えっ何……？　何を言われます……？」

尼が聞き返す。

「たった今、芸者のような鮫小紋か何かの着物の女の人が、三味線箱を持ってこの家に入っていきましたでしょう。箱を持った男は箱を置いてすぐ帰っていきましたけど……」

「いいえ、そんなことはないですよ。知りませんよ」

「確かに見たのですが……」

と、尼の顔をよく見ると、年は取ってはいたものの、彼女なのであった。

「あなたは……？」

周囲を見渡すと、来た時とこの裏道の様子が違っていた。この家の格子戸、櫺子《れんじ》窓の色も褪せてしまっているように思えた。

「何かご事情があるようですね。どうぞ家の中へ、訳をお聞きしましょう」

尼は僕の顔には見覚えのないようであった。

座敷に案内された。座敷と並んであるのは居間であろう、この二間は一緒に縁側に面している。座敷と並んでいる部屋がもう一つあるようだ。玄関の格子戸の方に仏間も見える。縁うなめる。床に掛け物、花瓶、床に並びて棚、台子あり。花瓶には冬紅葉をかしう活けものとしたる。冬紅葉はなぞと問へば、錦木と答《いら》ふ。長火鉢をかたはらに差し向かひてゐぬ。厨《くりや》女《め》茶持て来たり。

尼も厨女《くりやめ》も今日《けふ》は家にゐて、ありかず。かかる芸者と箱回しの男来ず。我よりほかの人来たらずと言ふ。我はかの橋にてかの女《をんな》見て、後追ひてここに来たることつぶさに語る。

尼の言ふ。

「さるは、比丘尼《びくに》橋より来給へり。御城の鍛冶《かぢ》橋方の橋詰より京橋川に添ひて、大根河岸、京橋北橋詰、竹河岸を行《ゆ》きて、白魚橋渡り、真福寺橋西詰経て、三十間堀川に添ひて、紀伊国橋西詰わたりの船宿に来給へり。さて三十間堀町を京橋川の方にもどりて、この新道に入りて、この家に至り給へり。さても、いかに江戸の地に暗くも、かかる御方はめづらかなり。いづくよりか来給ひたる。げにあやしう……」

さればとて、尼はかの女《をんな》のあたかもねびたるやうなるさまにて、同じき人におぼゆることを言ふ。また女《をんな》の歌ひたる言の葉も言ふ。心はやりてほけたるやうにて、さらにも言はず、明らかにおぼえず、ただかたそばのみぞ言へり。尼は事のあるやう聞き終《を》はるに、うち笑み側の外の庭は、思った以上に広くて奥行がありそうだ。床の間に掛け軸、花瓶、床の間に並んで棚があり、台子がある。花瓶には冬紅葉が面白く活けてある。何の冬紅葉かを聞いたら、錦木と答えた。長火鉢をかたわらに尼と対面して座った。女中が茶を運んできた。

尼も女中も今日はずっと家にいて、外出はしていない。そのような芸者と箱回しの男など訪れていない。僕以外の人は、今日は来ていないと言うのである。僕は今朝あの橋で彼女を見つけて、その後を追ってここまで来たことを詳しく話した。尼が口を開いた。

「それは比丘尼《びくに》橋からおいでになったのです。江戸城の鍛冶《かじ》橋側の、比丘尼《びくに》橋の橋詰から京橋川に沿って、大根河岸、京橋の北橋詰、竹河岸と通って、白魚橋を渡り、真福寺橋の西の橋詰から三十間堀川に沿って、紀伊国橋の西詰あたりの船宿まで来られたのです。そして三十間堀町をまた京橋川の方に戻って、この新道に入り、この家までいらっしゃったのです。それにしてもどんなにお江戸の地理に暗くても、あなたのようなお方は珍しい。いったいどこからいらっしゃった方なのでしょう。本当に不思議なこと……」

それならばと、尼はその芸者がちょうど年を重ねたような容貌で、同一人物のように思えることを話す。そして彼女が歌っていた歌の言葉も伝えた。気がせいているせいか、頭の働きも鈍ったようで、もちろんはっきりと歌の言葉を覚えてもいなく、ほんの一部の言葉しか伝えられなかった。尼は僕の話を聞き終えると、微笑んでさっと立ち上がり、静かに舞い歌て、つと立ちて、やをら舞ひ歌ひ初《そ》めぬ。

朝顔《あさがほ》の露の命の消えぬ間に、
枯れぬる花のはかなさも、
その間をあまた、重ね果てたる時ふれば、
こころとくるもあるぞかし。

今宵《こよひ》たれと寝む。
夜はたれとか遊ばむ。
明かさむ人こそ常ならね。
常なき浮世にうみたるも、
寄らむはあだなる浮き舟に、
身を任すこそかひなけれ。
海への道はしるくとも、
海に入りてはたゆたふに、
おぼつかなきことかぎりなし。

い始めた。

はかない露よりも、命の短い朝顔の花。
でもその一瞬の時も、積もれば永遠。
いつか心の安らぐ時が来るはず。

今宵過ごす人は誰？　遊んでくれるのは誰？
毎晩違う人なの。それって面白い？　ぜんぜん！
みんなうそばっかり。わかってるんだけど……
あてにならないってこと。でもしかたがなくて……
このままだと、どうなるかってわかっている。
こんなとらえどころのない気持ちのまま漂うってこと。

さて君はいづかたにぞや。たれよけむ。
うしろやすけきこそよけめ。
かかる君にぞかしづかれなむ。
なほ我を、我を頼めてかしづかむ、
かなしびてむこそさらなれよ。

朝顔《あさがほ》の咲きよそひたる宿晴れてきぬぎぬなるも秋の夜の夢

「さり、さりや。なほ、おもとは……」
尼は答《いら》へず、さらに歌ふ。

きぬぎぬはあやなかるべきさ夜ふればわづかに霧りなむ絆たつ朝

「まことに……、おもとは……」
尼答《いら》へず。

あなたって、どこにいるの。

あなたっていうのは、裏表のない人。あてにできる人。

大切に、せつなく思ってくれる人。


朝の庭を彩る朝顔。

朝せつなく別れたのは、もう秋の夜の夢。

そう私は今、あなたと一緒に朝顔を見てる。


「そう、それ！　やっぱりあなたは……」

これに尼は答えないで、さらに歌う。


きぬぎぬはあやなかるべきさ夜ふればわづかに霧りなむ絆たつ朝

「本当に、あなたという人は……？」

尼は答えない。

生まるるは本所は北の割下水、
小普請続きの旗本の、身代乏しく貧なるを、
朝顔《あさがほ》ひさき身すぎしき。

乳の実の【補注14】父失せ給ひ、
その後の、兄の代にぞ梓弓《あづさゆみ》、【補注15】
悪縁引きて、荒れはてて、
月もとまらぬわが宿【補注16】は、
博打張る屋となりにきかし。

かかるを公儀に知らるるや、
兄は罪ゆゑ、たまきはる【補注17】命ぞ死にて、
玉の緒《を》の【補注18】家こそ絶えて滅びにしか。
垂乳根《たらちね》の【補注19】母もやがては、
はかなくも、なり給へりしわびしさを
やるべき時もなきままに、

生まれは本所、北割下水。
無職の旗本、貧乏暮らし。
朝顔売って暮らしのやりくりしてました。

父が亡くなり、兄の代。
悪い因果で、家は賭場。
もうボロボロ……。
お月様にも見捨てられ……。

これが幕府に知られてしまい、
兄は切腹、お家断絶。
母もそれからすぐに亡くなった。
悲しみの心は癒えぬも、

負ひたるものを弁《わきま》ふるに、
花をも憂しと捨つる身の【補注20】
北国《ほっこく》になむ住む人に、なりにしことこそ悲しけれ。

もとよりは、和歌、琴などもたしなめる、
お嬢《ぢやう》様とて呼ばれしも、貧なるゆゑにおのづから、
市井に交はり育まれ、
世事にもなれて、きゃんなる心も生ひ出でぬ。
強き心のあるままに、
廓《くるわ》のことにぞ、馴れゆきはげみ日を暮らす。

旗本のお嬢《ぢやう》の時に学び得し、
こともさらには身を輔く。
歌舞音曲を始めとて、
茶儀《ちやぎ》、香合《かうがふ》、立花《りつくわ》、手蹟《しゆせき》、和歌に俳諧《はいかい》、源氏、漢籍《かんせき》、
みづから好めることもあり、

借りたお金を返すため、
吉原の人となりました。
朝顔達ともお別れです。

これでも私は和歌、琴など、
たしなむ旗本のお嬢様。
でも貧乏暮らしで、市井に育ち、世慣れして、
武家の心に、粋と心意気も備わった。
その強い心で頑張って、花街のことを身につけた。

昔の習いも役にたち、歌舞音曲を初めとして、
お茶、香合わせ、生け花、習字、
和歌、俳諧に、源氏、漢籍、
好きなことでもあったので、面白いほど身についた。

身につくことぞおもしろき。

世も末になむなりしとて、
昼三《ひるさん》の、遊び女《め》こそは絶へしかど、
あしひきの山辺に今は墨染めの、衣の袖は昼二なる、【補注21】
附廻しの花魁にこそなりにしか。

苦界の縁《えにし》も十三年、年季もつひに明けしかば、
らうらうじかる芸あれば、芸者となりて客取りて、
元の青楼《せいろう》に送りしを、
楼《ろう》よりも、引き合ふ客もありしかば、
すぎはひおのづとなりたりき。

少しは財《たから》に縁《えにし》得て、この新道《しんみち》を家としき。
されども客もえらびしに、
安らけく、心をやりて世を渡る。

時代も下り、
昼三分の花魁は、廓にいなくなったけど、
今の廓で最高の
昼の二分、附け回しの花魁に
ついには上り詰めました。

それから十三年。
苦界の年季もついに明け、
晴れて娑婆に帰ります。
廓での習いがここで身の援け、
芸者となって日を送る。
元の楼主とうまく付き合い、客を遣ったり、遣られたり。
お金に少しは縁《えん》出来て、この新道に家を持つ。

客は選んで気儘な渡世。

歌舞音曲と手習ひの師ともなれるも、
北里《きたざと》の労気《らうげ》の積もり、身々《みみ》なるは、
えなさぬ身にぞなりしかど、
童《わらはべ》どもにかこまるる、日暮らすことぞ心ゆく。

ほととぎす鳴く声きけば、
別れにしふるさと【補注22】おぼゆるよすがとて、
おのづから一日たるの栄【補注23】なるも、
朝顔《あさがほ》育み初《そ》めしこと、
縁《えにし》となりて、かの人と、
逢ひにしことぞあやしかる。

「かの人とはいかなる人ぞや。我にや似たる」
尼なほ歌ふ。

かの人は、同じき本所南の割下水、

廓の無理で、子供の出来ない身とはなったけど、
歌、踊り、琴、三味線に手習いで、子供相手の師匠となって、
代わりに心を慰めて、賑やかなうちに日を暮らす。

別れてしまった故郷《ふるさと》を思い出すため、
一日の栄《えい》でも楽しめることならばと、
朝顔を再び育て始めたことが、
不思議です……。あの人と逢う縁《えにし》になりました。

「あの人とは誰のことなのです？　僕に似ているところがあるんじゃないですか？」
尼はなおも歌う。

小普請続くる旗本の次郎と生まれしものなりて、
兄とは年も離るるに、
兄は男子《をのこご》多《おほ》くありしかば、
おのづと家継ぐあてもなし。
屋敷の庭に朝顔《あさがほ》を、あまた育み、
すぎはひの、こととせしまま年経《ふ》れば、
花合はせにぞ名は立ちて、
名こそ流れてなほ聞こえしか。【補注24】

さる夏と秋とゆきかふ空の朝、【補注25】
育める、さまめづらしき朝顔《あさがほ》の、
まろは一本《ひともと》鉢持ちて、
かよひ路《ぢ》は、かたへ【補注25】の人に、
親しき人にぞ寄せむとて、京橋をなむ渡りゆく。
一目見し君もや来ると桜花、【補注26】
今日《けふ》の日は朝顔《あさがほ》なるがつきづきし。

あの人は、私と同じ本所の生まれ。
北ではなくて南割下水。
やっぱり無職の貧乏旗本。しかも次男。
年の差のある兄は、男の子の子だくさん。
あの人は、家継ぎ、世に出るあてもなし。
生業《なりわい》に朝顔をたくさん育てておりました。

この世界では有名で、
朝顔の花合せ会でも番付上位。
私も名前はよく知っていた。

ある夏の終わりの朝に、
朝顔に可愛いやつがあったのを
一鉢持って、仲間のところに持っていく。
何か予感がしてたんだ。
桜じゃなくて朝顔で……。

中橋の広小路わたりありく時、
花はやう、なかばも開《あ》くに目をとめて、
めづらしや、花のねぐらに木づたひて、【補注27】
古巣を出でて行《ゆ》かばやと、
今日《けふ》はかへりて梅にはあらねど、
もの言ひたるが、かれぞかし。

かかるを縁《えにし》に逢ひ添ひて、
手と手に絡む朝顔《あさがほ》の、見るもうれしやはづかしや、
心やすかる世をかさね、
住みなすことこそいみじけれ。

いつしか尼はうち笑みつつも、露けきさまになり給ひぬ。尼の顔まもれば、つつましうも問ふ。
「その人はいづくにかおはする」
「……をこなる人ぞ……。旗本の子なるとて、部屋住みにて、家継ぐ望みもなきに、朝顔《あさがほ》に

京橋を渡って歩くは、中橋広小路。
花がもう半分開いていたのに目を留めて、
おっと、こりゃすげえ。ちょっくら古巣から顔出して、
この花の御殿を尋ねていかなきゃならんめえ。
いつもとあべこべ、古巣から御殿に行くんだぜ。
花も梅じゃなくて、ごめんねえ。
声をかけてきたのが彼だった。

これがきっかけで、仲良くなり、
いつしか朝の素顔も見られる仲にもなって、
めでたしめでたしとなりました。

いつの間にか尼は、微笑みながらも、涙ぐむ様子になった。そんな尼の顔を見つめると、気が引けてしまうのだが、それでも聞いてみた。
「その人は、今どこにいるのですか」
「……馬鹿なお人ですよ……。いくら旗本の息子だからって、一生部屋住みの日陰者だとい

心をやりて世を経《ふ》るのみなるを、『我は大樹公《たいじゅこう》よりの粟《ぞく》にぞ育まれたる。かかる柳営《りうえい》の命《めい》、極まりたる秋《とき》にこそ立ため。立たずんば、後の世のためにぞ悪しかるべき』とて、上野の軍《いくさ》に行《ゆ》きて失せ給ひし。かかるが名残《なごり》の歌なり」

朝顔《あさがほ》の宿木《やどりぎ》にせよ錦木《にしきぎ》の千々《ちぢ》の思ひも結ぼほるとて

苔とても巌《いはほ》をおほふ気ぞ宿る千歳《ちとせ》にわたれ苔の下道《したみち》

うのに、朝顔を心の慰めにして生きてきた人だったのに、『僕は幕府からの禄のお陰で育った人間だ。今、幕府の命運は極まった。だがこういう時だからこそ、幕府のために立ち上がらなければならない。負けることはわかっている。だからこそ立つ意味がある。後の世に、心だけでも負けないことを見せなければならない』こんなことを言って、上野の戦争に行って亡くなりました。これが最後に残した歌なのですよ」

朝顔《あさがほ》の宿木《やどりぎ》にせよ錦木《にしきぎ》の千々《ちぢ》の思ひも結ぼほるとて

僕の君へのさまざまな想い。
あまりにも多すぎて、
千本の錦木にも託すほど。
だから朝顔を錦木に宿らせて、
想いを一つに、
強く結んで届けたい。

苔とても巌《いはほ》をおほふ気ぞ宿る千歳《ちとせ》にわたれ苔の下道《したみち》

尼のことわり給ふ。

「朝顔《あさがほ》はまことしき宿木《やどりぎ》にはあらねど、ものに宿るやうに蔓伸べて生ひゆけば、宿木《やどりぎ》としつ。かかる心にてまことしき宿木《やどりぎ》ならぬも宿木《やどりぎ》と見立つることありとかの人言ひ侍りき」

風のかすかにわたる音《おと》聞こゆ。明かり障子《しやうじ》越えて、日高くなるさましるし。尼は、やをら明かり障子《しやうじ》開け給ひて、縁より庭に下り立つ。こちやといざなはるるに、我も庭に下《お》るる。尼につきてありく。はやう晴れ晴れしかりぬる空なり。雪も多《おほ》くは降らねば、雪少し積もる積もらぬありて、むら消えなるけしきなり。足もとに散りたる葉の触れてさやめく。朝顔《あさがほ》の枯苔にだって、巌を覆い尽くす気が宿っている。
苔は僕達。
想いがあれば、何かが出来る。
苔の下道のように、いつの間にか、
目立たずに、そっと、
誰かが見ていても、いなくても。

尼が説明する。

「朝顔は正確には宿木ではないのですけれど、何かものに宿るように蔓を伸ばして成長していくので、宿木として歌っているのです。こういう趣旨で本物の宿木ではなくても、宿木と見立てることがあるのだとあの人は言っておりました」

風がかすかに渡っていく音が聞こえる。明かり障子越しに日高くなったことがわかる。尼はそっと明かり障子を開けて、縁側から庭に下りた。こちらへと誘われて、僕も庭に下りて、尼に従って歩く。すでに空は晴れ渡って、今朝から雪はあまり多くは降らなかったので、庭には雪が少し積もったり、積もらなかったり、まだら模様になっている。足もとの落ち葉がれにしやあめる鉢いくそばく見えぬ。

巌《いはほ》の苔生《む》すかたはらの、葉もなかば落つる錦木の下《もと》に、籬《まがき》高く作りなして、錦木の低《ひき》やかなる枝に、宿木《やどりぎ》の蔦《つた》あるに苔の所々に生ひたるあり。折《をり》から雪のとくるに冬苔滴る。籬より枯れたる朝顔《あさがほ》の蔓《つる》の宿木《やどりぎ》の蔦《つた》に結ぼほる。朝顔《あさがほ》の実なるとて尼、蔓《つる》にある実ひとつ取り給ふ。

「あはれなる花、また生《お》ほし立てむ」

とて、うち笑むも、あいなうさうざうしくおぼゆ。

尼はまた歌ふ。


かき乱る苔の衣《ころも》のつたなくて置く白露をつつみてむやは

さやめく。朝顔が枯れた様子の鉢がたくさん目に入った。

苔むした巌のかたわらの葉も半ば散った錦木の下に、籬垣《ませがき》を高く作って、錦木の低い枝に宿木の蔦が絡まっているのだが、その蔦に、所々生えている苔がある。折から雪がとけて、苔からしずくが落ちた。籬垣《ませがき》から枯れた朝顔の蔓がまだ切れないまま、宿木の蔦に絡まっている。「朝顔の実」と言って尼が蔓についている実を一つ取った。

「また素敵な花を育てましょう」

と言って、微笑むのも、何かさびしげに感じられる。尼がまた歌う。


かき乱る苔の衣《ころも》のつたなくて置く白露をつつみてむやは

心が乱れる。
何て弱い心、
身を守るものなく、
悲しみをとめられる?
無理。
あふれる涙、

朝顔《あさがほ》も苔もめぐれる時まもる巌《いはほ》とならなむ人も来なむに

風のそよぐに、散りしきて枯れゆく冬紅葉のあはれにかすかに鳴る。

尼はかの女《をんな》なるべしと思へば、つひの会ひし時、宿の曹司《ざうし》よりの帰《かへ》るさの思ひゆかしくて、教《をし》へ受けまほしき心つきぬ。よき時なるやうおぼえぬ。

「かの日、絆断《ほだし》つとて、宿の曹司《ざうし》より出で立つ時、いかにやおぼしけむ。かの時よりこのか

滴り打つのは……、心……。

朝顔《あさがほ》も苔も巡れる時まもる巌《いはほ》とならなむ人も来なむに

朝顔と苔、
移ることを重ねて、
時が過ぎる。
いつまでも見ていたい。
巌になって……。
人はきっと来てくれる。

風がそよぐと、散り敷かれて、枯れていく冬紅葉がかすかに音を立てるのが、そっと心にも響く。
尼はきっと彼女だと思うので、最後にホテルの部屋から帰る時の気持ちを教えてもらおうと思った。ちょうど良いタイミングに思えた。
「あの日、しがらみを捨てるとか言って、ホテルの部屋から出て行ったのは、どういう気持た、また会ふことなかるべしと、いとど思ひわび聞こえにき」
かくなむ問ふ。尼答《こた》へぬ。

きぬぎぬはあやなかるべきさ夜ふればわづかに霧りなむ絆たつ朝

「さるは、かの時この歌、歌ひたりし。まことの時は朝にはあらねど、きぬぎぬてふことなりしに……。されば、などてかわび給へる。絆たつは、ほだし断つとも読まるるも、きづな立つとも読まる。などてかわび給へることやあらむ。この歌はきづな立つの意なり。人と逢ちだったのですか？　もう二度と会えないのかと思って本当にがっかりしてしまったのですよ」

尼が答えた。

「〝きぬぎぬはあやなかるべきさ夜ふればわづかに霧りなむ絆たつ朝〟実はあの時はこの歌を歌ったのです。実際の時刻は朝ではありませんでしたけど、きぬぎぬということでしたので……。ですから、どうしてがっかりすることなどがあるのです？〝絆たつ〟は、〝ほだし断つ〟とも読めるし、〝きずな立つ〟とも読めるのです。この歌は〝きずな立つ〟の意味なのですよ。この人とこれから付き合うことになるのだという気持ちに、初めて気づいた時の想いを歌ったものなのです」

きぬぎぬはあやなかるべきさ夜ふればわづかに霧りなむ絆たつ朝

あなたと初めて夜を過ごして、
別れる朝、
なぜか少し涙ぐんだ。
霧がほのかに立つ。

ひ初《そ》めねべき思ひの生ひ出づるを心付く歌なるに……。なればおことに歌奉らむ」

きぬぎぬは心の籬にむすぼるるもひもとく露にぬるる朝顔《あさがほ》

きっと心から結ばれた。

「これがこの歌の意味ではあるのですが、もう一つあなたに歌を差し上げましょう」

きぬぎぬは心の籬にむすぼるもひもとく露にぬるる朝顔《あさがほ》

朝の別れには、
いろいろな想いがあって、
思いちがいもその一つ、
とらわれてしまった。
深い悲しみ、涙も……。
二人の涙……、露……。
露に濡れた朝顔がほころびだす。
それって二人の気持ち。
一緒に見てごらんよ。
そして、その後は……。

尼の言の葉にうれしみてよろこびものし奉る。さらばこそと心ゆくうちに、かかるけしきの気遠《けどほ》くなりゆきて、やうやう外より立《た》ち離《はな》れて見ゆるやうなりゆきぬ。庭のけしき尼のさま、ことと遠《とほ》く小《ちひ》さくなりて、そのけしきのめぐり暗うなりぬ。なぞ、と思ふもやがて、かかるは夢、されば夢なりけりと心づきぬ。先の巖《いはほ》のめぐりに、ほかなる巖《いはほ》、石ども凝り集まりて、ひしめき鳴りぬ。こをろこをろ【補注13】……。さては夢の後はいかにならむやと、夢のままなるも、うつつとなるも、いまだ夢の中なるに、つきづきしうも、あいなう、すずろにおぼつかなう思ひぬ。

尼の言葉、歌が、心から嬉しく思えて、その気持ちを尼に伝えた。そういうことならばと、心が晴れる思いがするうちに、今見ている景色が、遠く離れた様子になっていって、だんだん外から離れて見ているような感じになってきた。庭や尼もどんどん遠く小さくなって、その風景の周りが暗くなった。いったい何だ？　と思ったが、すぐにこれは夢、そう夢なんだと気がついた。さっきの巌の周りに、他の巌や石などが集まってきてきしむ音がする。こおろこおろ……。

それでこの夢の後は、いったいどうなるのだろう。夢のままの続きと、目が覚めてからと、まだ夢の中にいて、何かうまくいくような、いかないような気がして、どうにも気にかかってしまった。

補注

【補注1】この会話の中には二首の和歌を忍ばせております。

村雨の露もまだひぬ苔衣《こけころも》
夏の木立に立つ香涼しき

染《そ》め初《そ》むる木立のもとの苔衣《こけころも》
村雨過ぎぬ香やはゆかしき

一般的に和歌文学では、和歌は行を代えて別途独立して示されるものですが、ここは現代での会話のセリフなので、和歌文学のような示し方は不自然に感じられます。よって会話文の中に紛れるように和歌を忍ばせました。

【補注2】かもかは～鴨皮に山城の国の歌枕の鴨川《かもがは》を掛けています。また次の彼女の会話の中の「禊する」の言葉が縁語として導かれています。

【補注3】おのづから慕ふ人やならむ

おのづからいはぬを慕ふ人やあると
やすらふほどに年の暮れぬる　新古今集　冬691　西行法師

後述の「やすらふほどに」と併せてこの歌の表現を借用しました。

【補注4】埋み火の消えは消えなで

なかなかに消えは消えなで埋み火の
いきてかひなき世にもあるかな　新古今集　冬689　権僧正　永縁

この歌の本歌取りはしていませんが、後述の「いきぬる」と併せて、ここではこの表現を借用しました。

【補注5】あからひくのみにはならで～「あからひく」は、肌にかかる枕詞です。女性の肌がほんのりと赤みを帯びて輝くような美しい様子を意味します。

「あからひくのみにはならで」は、「肌だけにはならないで」、という意味をここでは表すことにしました。すなわち「裸にはならないで」、という意味です。

おそらく彼から見て、彼女の肌は美しく感じられたのではないかと思います。

【補注6】朝顔《あさがほ》に服《ぶく》なるひとの身をかゞむ　←

朝顔《あさがほ》に喪服のひとのかゞむかな　　　　　　　　瀧井孝作

【補注7】この会話と、直前の会話の中に一首ずつ和歌を忍ばせております。

うたかたの心を乱る時を経て
消えぬる果ても香やはかくるる

うたかたの心乱るる時を経て
消えぬる果てに人の知らなく

【補注8】手枕《たまくら》　身はならはしのものに
←
手枕《たまくら》のすき間の風も寒かりき
身はならはしのものにぞありける　　　拾遺集　恋　詠み人知らず
今昔物語集　巻19
六の宮の姫君の夫出家の語

P124ではそのまま、手枕《たまくら》をいつもして上げられるような仲になりたいという意味です。拾遺集の歌の趣意とは異なりますが、この恋の歌から着想を得ました。
P130では今昔物語集の説話を参考にしています。この出典の説話の内容はなんともやり切れない話です。その説話の内容に思いをいたすと、彼女の将来の零落を暗示することになります。もちろん必ず彼女がそうなると決まった訳ではなく、物語の直接の展開とも関係はないのですが、一つの可能性としてそういう道をたどることがあるのかも知れないということを暗示しています。なお彼女自身は、将来そのような境遇に陥るかも知れない不安を漠然といだいているのです。

【補注9】ぬき乱る人こそあるらし白玉の
まなくもちるか袖のせばきに　伊勢物語87段

この場面を表すのに、この歌の表現に着想を得て、文章の中に次の和歌を忍ばせております。

ぬき乱る思ひの果てぞ白玉の
つゆの世なるか末や散りぬる

この歌は二通りに訳せるのですが、現代語訳では一方の意味でしか訳していません。もう一つの意味はこの場面ならではのことになるのですが、直接訳出するのは憚られるので、本文のこの歌にてほのめかす程度に留めています。

【補注10】春の夜の夢　手枕《たまくら》にかひ
←
春の世の夢ばかりなる手枕《たまくら》に
かひなく立たむ名こそ惜しけれ　千載集　雑上961　百人一首　周防内侍

【補注11】色変はることもやしげき青葉なる〜これも会話の中の和歌です。

色変はることもやしげき青葉なる
山に隠るることのやすきに

【補注12】こちらも会話に忍ばせた和歌です。

「きぬぎぬ」の語感から↓「きぬきぬ」を連想して↓「衣着ぬ」という本来の「きぬぎぬ」とは違う意味に至っています。しかしどちらも男女の逢瀬の時には行われることです。

そこで彼女は、「きぬきぬはあやなかるべき」と彼に対する非難の言葉を口にします。これは一度肌を見せ合うようになったことから、彼がそれでいい気になっているであろうと彼女が思ったからでしょう。

そして次の歌に続いていきます。

そこではまた「きぬきぬ」↓「きぬぎぬ」に変換されています。

きぬぎぬはあやなかるべきさ夜ふれば
わづかに霧りなむ絆たつ朝

【補注13】矛《ほこ》のやうなる宿木《やどりき》の長き匙《かひ》、指し下ろして、こをろに画《か》き鳴《な》して引き上げて
←
沼矛《ぬぼこ》を指し下して画きたまへば、塩こをろこをろに画き鳴して引き上げたまふ時
古事記上巻　伊邪那岐命と伊邪那美命

【補注14】乳の実の〜父にかかる枕詞

【補注15】梓弓《あづさゆみ》～ひく、はるにかかる枕詞

【補注16】荒れはてて月もとまらぬわが宿

←

荒れはてて月もとまらぬ我が宿に
秋の木の葉を風ぞふきける

詞花集 秋 136 平兼盛

【補注17】たまきはる～命にかかる枕詞

【補注18】玉の緒《を》の～絶えにかかる枕詞

【補注19】垂乳根《たらちね》の～母にかかる枕詞

【補注20】花をも憂しと捨つる身の

←

花をも憂しと捨つる身の、花をも憂しと捨つる身の、
月にも雲は厭はじ。

謡曲 忠度

【補注21】あしひきの山べに今は墨染めの衣の袖は昼《ひる》

←

あしひきの山べに今は墨染めの

衣の袖は干《ひ》る時もなし　古今集　哀傷844　よみ人知らず

【補注22】ほととぎす鳴く声きけば、別れにしふるさと
←ほととぎす鳴く声きけば別れにし
ふるさとさへぞ恋しかりける　古今集　夏146　よみ人知らず

【補注23】おのづから一日《いちじつ》たるの栄《えい》
←松樹《しようじゆ》千年終《つひ》にこれ朽ちぬ
槿花《きんくわ》一日《いちじつ》おのづから栄《えい》をなす　和漢朗詠集　秋　槿《あさがほ》　白居易

【補注24】名こそ流れてなほ聞こえしか
←滝の音は絶えて久しくなりぬれど
名こそ流れてなほ聞こえけれ　千載集　雑上1035　百人一首　大納言公任
本歌「けれ」→本文「しか」～自らの体験過去なので変えています。

【補注25】夏と秋とゆきかふ空の　かよひ路《ぢ》はかたへ
←夏と秋とゆきかふ空のかよひぢは

かたへ涼しき風や吹くらむ　　古今集　夏168　凡河内躬恒

【補注26】一目見し君もや来ると桜花
←
一目《ひとめ》見し君もや来ると桜花《さくらばな》
けふは待ち見て散らば散らなむ　　古今集　春78　紀貫之

【補注27】めづらしや、花のねぐらに木づたひて
←
めづらしや花のねぐらに木《こ》づたひて
谷の古巣を訪《と》へる鶯《うぐひす》　　源氏物語　初音

あとがき～作品に寄せて

物語を読み終えていただいて、このあとがきにまで到達していただいた方に心から感謝を申し上げます。ありがとうございました。どのような感想を持っていただけましたでしょうか？　お聞き出来ないのが残念です。

読み進めるのは、大変だったと思います。そもそも古文を読むということが重労働です。それに加えて、右に古文、左に現代語訳、右見て左見て、注記が出て来て後ろも見ます。手間ひまかかる。あれあれ補注もありました。

本当に面倒くさくてごめんなさい！　感謝の次におわびを申し上げます。

さて、この物語の主旋律は言うまでもなく恋愛の物語です。主旋律と言うからには副旋律もあります。このあとがきでは主にこの副旋律についてコメントをさせていただきますが、その後で少し僕の作中での古文の表現についても述べさせていただきます。

人が生きていくためには一次産品、二次産品は言うまでもなく必要不可欠のものです。日本はこのうち二次産品、すなわち製造業等ものづくりの分野で強みを発揮し、第二次世界大戦後経済大国にまで上り詰めました。

この強みは今後も活かしていくべきものであると思っています。雇用の創出、外貨獲得の大きな手段であるということは言うまでもありませんが、資源大国と言われる国が資源という切り札を戦略的に活用して国際政治の舞台でも強い発言権を持ち得るように、ものづくりの技術も、そのように活用出来るものだと思うからです。

IT業界は、経済産業省の分類による情報サービス業（ソフトウェア業、情報処理・提供サービス業）、インターネット付随サービス業等に相当します。GAFAなどがその代表的な企業です。このうちGoogleの売上高は、2000年の1900万ドルから、この小説の舞台となった頃は約2000億ドルとなり、2022年には2800億ドルの売上にまで伸びています。この業界がもてはやされ、多くの有能な若者がこの業界に身を投じる所以です。

また金融業、証券業、コンサルタント業なども若者の就職先として人気があります。コンサルタント業では最近M&Aの仲介業務が勢いを得ています。

しかしこれらの業種の役割をつき詰めて言うならば、あくまでも一次産品、二次産品を人々が有効に活用出来るようにするためのものであると言っても過言ではないと思います。豊かで多種多様な一次産品、二次産品が存在するという前提で初めて成り立つ業界なのです。やはり一次産品、二次産品を産出する産業こそが経済の根幹なのです。

営々とこの国の人々が築き上げてきた製造業等のものづくりの技術、これは今後もこの国の経済の根幹を支えていくことが出来るものであると思います。これらを今後もますます発展させていくべきで、廃れさせてはいけないと思うのです。

そのためにもこの国の多くの技術者、職人の方々には、これからも引き続いて技術の継承、発展、そして創出に、地道であっても努力と情熱を傾けてほしいと思うのです。しかしどんなに努力し、情熱を注いだとしても、もしかしたらそれは結果として廃れてしまう技術かも知れません。その技術に殉じるということになってしまうのかも知れません。あいつは馬鹿だよ。他の業界に行っておけば良かったのにと、周囲の人達から嘲笑されることになるのかも知れません。

しかし多くの人々が情熱を持っていろいろな技術を培っていけば、その中には必ず生き残って大きな経済効果を発揮出来るものが残るはずです。人々の生活を豊かにし、人々を幸せにする、そういう技術が養われるはずです。そのような大きな夢を持って、この国のものづくりの仕事に携わる方々には地道であっても苔の下道を歩んでいただきたいと願うのです。

この物語で朝顔作りは比喩として製造業と重ね合わせることが出来ます。人を幸せにするものを作っているという点では同じだからです。

従って旗本の次男は彼を表していることにもなります。家継ぐあてがないということは、彼に置き換えれば、彼は出世しないのかも知れません。

また幕府は製造業の比喩ともいえるでしょう。どこに共通点があるかというと、幕府は日本をおよそ300年の泰平に導き、日本の歴史上、それまでの時代と比較するともっとも豊かな時代を生み出した功績がありました。そして製造業については、戦後の日本は、製造業が中心となって、経済成長を遂げ豊かな社会を築き上げました。そういうところに共通点を見ています。

製造業を幕府になぞらえたからと言って製造業は滅びるということを言いたい訳ではありません。もしかしたら製造業は時代遅れの産業で、製造業以外の産業に主軸を移すことが一国の経済政策として求められているのかも知れないのですが、僕としては、製造業はこの国の産業として今後も重要な地位を占めると思うので、これからの日本も製造業を国の基幹産業として確保しつつ、再び勢いを盛り返していってほしいと願っています。だから彼にはこのまま製造業で頑張ってほしいと思うのです。

この作品を読めばお気づきになることと思いますが、主人公の男性と老尼の亡くなった連れ合いを重ね合わせているところがあります。だからと言って主人公に命を捨ててまで会社のために尽くせということを言いたい訳ではありません。この物語はけしてブラック企業礼賛小説ではありません。

言いたいことは、危機に臨んでも安全なところに逃げ出さずに、覚悟を持って危機に立ち向かう姿勢が大切であるということなのです。結果うまくいかないこともあるわけですが、その経験は後から生きてくるはずです。また尼の連れ合いは残念ながら亡くなってしまいましたが、その大義を大切にする一本筋の通った生き方に、共鳴し触発される人は必ずどこかにいるはずです。

また幕府が滅びたことは、勝ち組につかなければ意味がないということではないのです。危機に臨んでも諦めず逃げ出さずに前向きに取り組む、そういう資質を持った人達が幕府側にもたくさんいました。さらに時代が下って先の大戦後のことにも目を向けると、もちろん先の大戦後の日本にもそういう方々がたくさんいらっしゃいました。こういう人達は勝ち組に簡単に乗り換える人達より、より良い社会の根底を形作るために大切な人材であると思うのです。こういう方々がこの国にはたくさん存在したからこそ、明治維新後の時代もそして戦後もこの国は発展出来たのだと思うのです。

公園や庭園を散策する時、人は美しい花々や立派な立木ばかりに目がいって、庭の片隅にある苔などは日に入らないでしょう。苔で有名な庭園ならば話は別ですが、普通なら苔は気にされない存在にしか過ぎないものだと思います。

人は色とりどりの花々や風情ある枝ぶりの木々にばかり注目し、賞賛することでしょうが、同じ庭のどこかに生している苔のことなどは眼中になく、無視をしていることでしょう。

しかしながら苔というものはちっぽけなもの、取るに足りないものの代名詞ともなるものではありますが、小さいながらも光合成など植物の機能をしっかり果たしています。

苔はおのずから役に立ちつつ自分の居場所を持っているのです。

人の住む社会を庭園に、人をその庭園の中の植物に例えた時、大半の人はその庭園の中で目立つ花や立木になりたいと思うのではないかと思います。しかしすべての人がそうなれるわけではありません。また、せっかくそういう立場になれたとしても結局居場所がなくなり立ち枯れてしまうことも多くあるのです。

前置きが長くなりましたが、人にとって苔のような人生を歩むということは大切なことなのではないかと思うのです。

人が社会に出て生活の基盤となる仕事に就く時、それが何の仕事であれ、地道な目立たない仕事であれ、そこで自分の居場所を見つけられることが大切なのではないかと思うのです。大切なことどころか、むしろ居場所を見つけることが出来て、そこで人生を過ごすことが出来るならば、それはとても幸せなことだと思うのです。何も人から賞賛される、羨まれる仕事に就く必要はないのです。むしろ自分の拠り所を見つけ、そこで生き生きと働くことが出来るのなら、いつの間にかその人は人から羨まれる人生を過ごすことが出来るようになると思うのです。有名大学から有名企業等に就職するということは、その一つの人が羨む典型的な人生の過ごし方であるかも知れませんが、人から常に注目され、賞賛される人生を求めても、居場所を失い疎外感を感じ、心を病んだり、不幸になってしまう人達はたくさんいるのです。

人生を苔の下道の苔のような存在として生きることが出来るのならば、そういう人生もとても幸せなことであると思うのです。

この苔の例えは中小企業にも言えることではないかと思います。作品の中で大手メーカーのものづくりの主要構成メンバーとして技術力のある中小企業のことを書いたくだりがあります。実際にものづくりは大手メーカーだけで完結することは不可能で、多くの技術力のある中小の協力業者の存在が必要なのです。

日本経済の力の源泉はいうまでもなく、豊富な優れた中小企業がその土台をしっかり支えていることにあります。これは一国のGDPを構成する消費や設備投資においても大きな役割を果たすことはもちろんですが、技術力という面での貢献も大きいのです。

日本の起業についてこのようなデータがあります。

世界のスタートアップ企業などの情報を提供しているWEBサイト「スタートアップランキング」によると、日本は世界で21位です（2020年3月のサイト情報）。

スタートアップは「起業」や「新規事業の立ち上げ」などの意味で使用されることが多く、新しい技術やビジネスモデルで急激に市場開拓している企業などを指すケースが多いです。「スタートアップランキング」のスタートアップの定義では、ソフトやハードで最新の技術を持っていている創業10年以内の独立企業などを指しています。

このランキングを見ると、1位はアメリカの47、897社、2位がインドの7、408社、3位がイギリスの5、183社、4位がカナダの2、632社、5位がインドネシアの2、174社、6位がドイツ2、064社、7位がオーストラリアの1、527社、8位がフラン

スの1、454社、9位がスペインの1、270社、10位がブラジルの1、107社です。(引用：スタートアップランキング)

順位を少し飛ばすと、20位が中国の571社で、続いて日本が556社の21位となっています。世界的に見れば日本は上位の方にあるとも言えますが、GDP世界3位の経済大国である日本としては納得できる順位とは言えないでしょう。

今後の日本経済に、苔の下道を生き生きと敷き詰めて、やがては巌を覆いつくすほど生命力のあふれる苔のような、多くの中小企業が活躍し、スタートアップ企業が次々と生まれ出て来ることを願ってやみません。

タトゥケル首相は太政大臣すなわち則闕の官(その人なければ、則《すなわ》ち闕《か》く)にふさわしい首相であったのですが、同時期の6人の日本の首相は、この昔の官位に例えるとどうだったのでしょうか。物語では、「その司はとりどりなる大臣、納言なりしかども」とあります。

つまり大臣といっても太政大臣とは限らないということです。納言だとすると大納言とは限らず、中納言かも知れません。これは昔の朝政で、会議の場を主宰、専行するのは中納言以上であれば可能であったからです。

そしてタトッケル首相と同時期の6人の日本の首相以降、現在までの日本の首相の官位は昔の太政官の官位に例えると、果たしてどの位置にあるのでしょうか。

僕は日本の政治家にエールを送っているのです。どうか日本の首相は太政大臣たることを目指してほしいと願います。後世、令和の時代を振り返って、あの頃の日本の首相には例えるならば太政大臣が多く輩出されたので、おかげで日本は国勢を盛り返すことが出来たと評価されてほしいと願っているのです。


古語のわかりにくいところに、一つの言葉が文脈、状況によっていろいろと変化するということがあります。語義が定まらず当惑することになります。しかしそれが古語の面白いところでもあるのです。

しかし一見多義にわたる言葉も原義のニュアンスを見ると、一つの根本のニュアンスから枝分かれして、いろいろな意味に広がっていることがわかります。

例えば「あいなし」という言葉があります。この言葉の語源を漢字にすると、それこそいろいろな当て字が出てきます。「合なし」「愛なし」「間なし」「敢へなし」「文なし」「綾なし」その中で代表的な当て字は「合なし」です。この言葉の意味を総括すると、「おおよそ、不調和を意識するところから生じる複雑・微妙な違和感」を表しています。

今回の僕の物語の中では「あいなし」をいくつか使っています。例えばそのうち4か所での現代語訳では、「まずいなあ」「どうにも気に食わない」「気に入らなかった」「何とも落ち着かない気持ちになる」です。

一見それぞれ違う意味で、辞書にもこれと同じ記載はないのですが、原義のニュアンス「おおよそ、不調和を意識するところから生じる複雑・微妙な違和感」に即した意味で、文脈、状況から判断して感覚的にも適切な現代語訳だと思っています。

この多義に渡る言葉というのは現代でも多くあります。特に若者は鋭敏な感覚で一つの言葉を多くの意味に変化させていきます。

「やばい」という言葉があります。この言葉のニュアンスはおそらく「一般的な基準から逸脱している様子」を表しているものと思われます。そしてその「一般的な基準から逸脱している様子」を打ち解けた日常の会話の中で発するときの言葉であると思います。またこの一般的な基準というのは、社会の規範や常識の場合もあるし、個人の主観的な常識の場合もあります。

法から逸脱したことをすれば「やばい」、安全基準から逸脱した運転をしたら「やばい」、約束から逸脱した行動をすれば「やばい」となります。

一方で最近の用法としては、一般的なカレーの味から逸脱して美味しかったら「やばい」、カレーが一般的な辛さより辛かったら「やばい」、となります。

また夜景を見て、一般的なイルミネーションよりきれいだったら「やばい」となります。ここでの一般的というのは個人の主観的な常識に基づく場合が多くなります。

平安中期の和文の言葉は、当時の話し言葉が中核となっております。今も昔も話し言葉というものは、これを使用する状況で語義が変化していくものだということがわかります。僕が古文で文章を作る時は、出来るだけこのような言葉の原義に注意して、これを生かしながら作成するようにしています。

この物語の普通名詞、固有名詞には、古い時代には存在しない現代の言葉が多く出て参ります。古文に訳すにあたり、出来るだけ古い大和言葉の物語としての文体、語感を損なわないように、和語をつないで記述することにしました。そのために普通名詞自体が長い説明文のようになってしまっていることも多くあります。中には神社で神主さんが唱える祝詞《のりと》のように感じられるものもあるかも知れません。読みづらい、わかりにくいと思われるかも知れませんが、どうかご勘弁下さいますようお願いいたします。ですが、これはこれで古文らしくて味があると思っていただけたら嬉しいです。（笑）

お茶の水や外堀通りなど日本の現在の地名等については、そのまま表記しました。外国の地名等をそのままカタカナで表記すると、古い大和言葉の物語としての文体、語感が損なわれますので、古文訳しましたが、これにも中には祝詞《のりと》のような語感の古文訳が多く出てきてしまっています。(笑)

なお、本文注記の中でも触れましたが、固有名詞につきましては具体的に現代語訳していない場合があります。

わかりづらくて申し訳ありませんが、諸般の事情につきましてどうかご理解をお願いいたします。

この作品の本文で現代のことを記述している時、敬語を用いていても、現代語訳では敬語を訳出していないことがたびたびあります。

現代語訳では敬語をそのまま訳すと違和感を感じる場合があるからです。ならば本文で敬語を用いなければ良いのかというと、必ずしもそうではないと考えております。相手に対して基本的に敬意、敬愛の気持ちを持っている場合、本文の古文においては敬語を用いた方が古文の記述として、自然な雰囲気になると思うからです。

古文の会話文では、会話中のすべての動詞等に敬語の補助動詞を接続させない記述をしていることも多々あります。これは敬意、敬愛の気持ちを持ちつつもため口で話している時、敬語とため口交じりで話している時などに用いているものです。

その他古文の地の文でも、文章の流れ、リズムなどから望ましいと感じた場合、すべての動詞等に敬語の補助動詞を接続させていない場合もあります。

また絶対的な身分の上下で敬語を使い分けている本来の古文の用法とは異なり、相手が社会的に立場が上の人間であっても、すべてに敬語を用いるとは限らない記述の仕方もしております。

この物語では敬語について、そのような考え方に基づいて、一般的な古文の文法とは異なる用法ですが、本文の古文とその現代語訳を記述しております。


きぬぎぬはあやなかるべきさ夜ふればわづかに霧りなむ絆たつ朝

この歌は、「絆」を「ほだし」と読むか「きづな」と読むか、それに対応して「たつ」を「断つ」と読むか「立つ」と読むかで、意味がまるで逆になります。

結局、「きづな」と「ほだし」は人とのかかわり方の中で表裏の関係になり、「きづな」と思っていたものがいつのまにか「ほだし」になり、「きづな」と「ほだし」が同居していたり、「ほだし」のままずるずると行くのか、または関係を解消するのか、さらには「ほだし」の関係に耐えているうちに新たな「きづな」が生じるのか。このように因果が巡っていく場合が生じてきます。

この歌の上の句「きぬぎぬはあやなかるべき」の「きぬぎぬ」は「きぬきぬ」と掛詞になっています。

「きぬぎぬ」は「衣衣」と書かれますが、これは男女が逢瀬を楽しむ時に、二人の衣を布団代わりに敷いたり、掛けたりしたことを指しています。

「きぬきぬ」は「衣着ぬ」と書かれます。これも逢瀬の時は二人とも「衣着ぬ（衣を着ない）」状態になることを指しています（「ぬ」は打消の助動詞「ず」の連体形です。「着る」の未然形「着《き》」に接続しています）。

それでは「きぬぎぬ」も「きぬきぬ」も、どちらも結局同じ意味になるという訳なのですが、「きぬきぬ」は僕の造語なので、一般的にはそのような見解は存在しません。

さて、最後に僕の作中の古文表現についても述べましたが、このあとがきでは主として、この物語の副旋律についてコメントをいたしました。そうしますと本来なら主旋律の恋愛についても何かコメントをする必要があるのではないかと思うのですが、恥ずかしながら恋愛小説を書きながら恋愛については気の利いたこと、参考になるようなことを語ることが出来ないので、これでおしまいにします。ごめんなさい。

〈著者紹介〉

松井浩一（まつい こういち）

東京都世田谷区生まれ。大学卒業後、中小企業専門の政府系金融機関に就職。渋谷、松山、東大阪、大森、水戸、福島の各支店で法人融資業務に携わった。

現在は複数の会社の経営に係る業務に関わる。

趣味は食べ歩き、飲み歩き、パイプ煙草、古文作文、和歌、歴史。

苔《こけ》の下道《したみち》

2023年12月22日　第1刷発行

著　者　　松井浩一
発行人　　久保田貴幸

発行元　　株式会社 幻冬舎メディアコンサルティング
〒151-0051　東京都渋谷区千駄ヶ谷4-9-7
電話　03-5411-6440（編集）

発売元　　株式会社 幻冬舎
〒151-0051　東京都渋谷区千駄ヶ谷4-9-7
電話　03-5411-6222（営業）

印刷・製本　中央精版印刷株式会社
装　丁　　弓田和則

検印廃止

ISBN 978-4-344-94623-1 C0093
幻冬舎メディアコンサルティングＨＰ
https://www.gentosha-mc.com/